•

Yaşar Kemal

YAŞAR KEMAL

Yolda

Seçme Öyküler

Hazırlayan:
Güven Turan

YAPI KREDİ YAYINLARI

Yapı Kredi Yayınları - 3089
Doğan Kardeş - 269
—ilkgençlik—

Yolda / Yaşar Kemal
Hazırlayan: Güven Turan

Kapak tasarımı: Nahide Dikel

Baskı: Altan Basım Ltd.
Yüzyıl Mah. Matbaacılar Sit. 222/A Bağcılar / İstanbul
Tel: 0212 629 03 74 Faks: 0212 629 03 76
info@altanbasim.com
Sertifika No: 11968

1. baskı: İstanbul, Nisan 2010
4. baskı: İstanbul, Mart 2015
ISBN 978-975-08-1769-4

Yapı Kredi Kültür Sanat Yayıncılık Ticaret ve Sanayi A.Ş.
İstiklal Caddesi No: 142 Odakule İş Merkezi Kat: 3 Beyoğlu 34430 İstanbul
Telefon: (0 212) 252 47 00 (pbx) Faks: (0 212) 293 07 23
http://www.ykykultur.com.tr
e-posta: ykykultur@ykykultur.com.tr
İnternet satış adresi: http://alisveris.yapikredi.com.tr

İÇİNDEKİLER

Büyük Ustadan Küçük Anlatılar

Yaşar Kemal, sadece dönemimizin değil, roman türünün büyük ustalarından biridir. Onun tarihle mitosu, düşle gerçekliği, aleladeyle olağandışıyı birleştiren büyük hacimli, epik ruhlu romanları aynı zamanda birer dil şölenidir de. Bu dil, romanların geçtiği yörenin özel kelimeleriyle Anadolu Türkçesinin zengin dil hazinesinin harmanlanmasından oluşmuştur. Üslup canbazlığı yapmayan bir üslupçudur Yaşar Kemal. Yer yer gerçekten şiire dönüşen şiirsel dili, sözünü ettiğim epik ruhun bir yansımasıdır.

Roman alanındaki bu olağanüstü konumu onun diğer yazın ustalıklarını gözden kaçırtmamalıdır. Bence bunların başında, daha *İnce Memed*'i yayımlamadan adının duyulmasına neden olan "muharrir"liği gelir. Önce bir röportaj ustası olarak duyurmuştur adını 1950'lerin ilk yıllarında. Röportaj, ondokuzuncu yüzyıldan başlayarak, yazın alanında son derece etkin olmuştur. Özellikle yirminci yüzyılda, pek çok büyük yazar, özellikle romancı, hele hele romanlarıya hayatı kavrayan romancılar, ilk yazma denemelerinde büyük gazetelerin muharrirliğinden geçmiştir. Ernest Hemingway, Dos Pasos, William Faulkner, John Steinbeck bunların önde gelenleridir. Şunu hemen belirtelim, son yıllarda röportajla söyleşi eş anlamlı gibi kullanılmaktadır... İkisi arasında en önemli fark, söyleşinin iki kişi arasında soru cevap şeklinde yapılmasına karşın röportajın bir haber öğesi etrafında işlenmesi ve araştırma ile gözlemle de güçlendirilmesidir. Röportajın bir başka özelliğiyse az ve öz anlatımıdır.

Yaşar Kemal'in yazarlığını iyi tanıyabilmek için şu soruyu da sormak gerekir: Onu besleyen damarlar nelerdir?... Bu soru, onun hakkında pek çok kişide olan yanlış bir yargıyı, hatta önyargıyı silmek için de gereklidir. Yanıtı yaşamında bulabiliriz. Biliyoruz ki Yaşar Kemal, çok küçük yaşta, şiire eğilim göstermiş ve yaşadığı çevrenin de etkisiyle "âşık" edebiyatına yönelmiştir. Gezgin âşıkları dinlemiş, onlardan şiirler ama daha çok da ağıtlar derlemiştir. Yani bir damarı doğrudan doğruya halk kültürünün, halk edebiyatının içinden taşımaktadır yazarlık malzemesini ama burada bitmemektedir Yaşar Kemal'i besleyen damarların sayısı. Gene yaşamına göz attığımzda, onun bir dönem, Dino kardeşlerin de yardımıyla, teşvikiyle, Adana'da, Halkevi Ramazanoğlu Kütüphanesi'nde çalıştığını görüyoruz. Burada, kütüphanedeki bütün klasikler dizisini hatta nerdeyse kütüphanenin bütün kitaplarını okumuştur. Yani sanıldığı gibi sadece bir halk kültürü birikimi yoktur. Ciddi bir klasik dünya edebiyatı birikimi de vardır. Bir kitap kurdudur Yaşar Kemal, bir hayat kurdu olduğu kadar. Bugün bile müthiş bir okurdur. Bütün büyük yazarlar gibi bu birikimlerini içselleştirmiş ve bu bilgiyle kendinin olanı bulmuştur.

Sayfa hesabına vurulduğunda, Yaşar Kemal'in öyküleri, romanları yanında oylumca küçük bir yer tutar. Ama ilk gençlik yıllarındaki sevgilisi şiirden sonra el attığı alan öyküdür. İlk öyküsüyse bugün okunduğunda bile hiçbir acemilik izi taşımayan "Pis Hikaye"dir... 1946'da yazmıştır bu öyküyü... İlk öykü kitabı *Sarı Sıcak* 1952'de basılmıştır... Bugün, toplu öykülerinin yer aldığı kitabın adı da *Sarı Sıcak*'tır. Bu kitabından yaptığımız bu küçük seçki Yaşar Kemal'le ilk karşılaşacaklar için, büyük bir dünyanın kapısını aralamaktadır.

Güven Turan

Sarı Sıcak

Çocuk: "Anam," dedi, "anam, yarın sabah gün ışımadan uyandır beni."

"Gene uyanmazsan?"

"Uyanmazsam iğne sok etime. Saçlarımı çek. Döv beni."

Soluk yüzlü, ince kadının kara gözleri sevinçli bir ışıltı içinde kaldı.

"Ya gene uyanmazsan?"

"Öldür beni."

Kadın var gücüyle çocuğu kucağına alıp, bağrına bastı.

"Cannn!" dedi.

"Uyanmazsam..." Çocuk düşündü. Birden: "Ağzıma biber koy," dedi.

Anası yeniden, aynı sevecenlikle, gözleri yaşararak onu bağrına basıp öptü.

Çocuk boyuna yineliyor:

"Bak uyanmazsam ağzıma biber koy ha!.."

Ana: "Can!" diyor.

"Biber çok acı olsun."

Şımarıyor, tepiniyor, ara vermeden boyuna haykırıyor:

"Acı biber, kırmızıbiber... Bir yaksın ki ağzımı... Bir yaksın ki... Hemencecik... Hemencecik uyanayım."

Anasının elinden kurtuluyor, o hızla çardağa çıkıp yatağa giriyor.

Bunaltıcı bir yaz gecesi... Gökte tek tük soluk yıldızlar, kocaman, testekerlek bir ay... Yatak ekşi ekşi ter kokuyor.

Yanına yönüne dönüyor. Sonra bir karar: "Sabaha kadar uyumam." Seviniyor. Sabahleyin, anası "Osman," der demez, hemen kalkıp boynuna sarılacak. Nasıl da şaşacak bu işe anası! Yatağın içinde sevinçle hopluyor. Sevinci bir an sönüverip, içine korku giriyor: "Ya uyursam." Kendi kendine hep yineliyor: "Uyumam. Uyumam, işte. Neden uyuyum? Ne var uyuyacak?"

Az sonra anası gelip yatağa, yanına uzanıyor. Okşuyor: "Yavrum," diyor, "uyudun mu?"

Osman hiç mi hiç ses çıkarmıyor. Anası kucaklayıp öpüyor. Osmanın içinden ılık ılık bir sevgi, aşka, dostluğa benzer ağlatıcı bir şeyler geçiyor. Sabahı bekliyor. Anası nasıl şaşacak. Aklı fikri, sabahleyin hemencecik uyanıp nasıl şaşırtacağında.

Ana uyumuş, Osman yatakta dönüyor. Gözkapakları ağırlaşıyor. Osman kendini öyle kolay kolay bırakmıyor.

Bir an kalkıp derin derin soluk alan anasının yüzüne bakıyor. Yüz, ay ışığında bembeyaz parlıyor. Örgülü gür saçlar, şimdi daha kara görünüyor. Örgülü uzun saçlar, yastığın beyazlığında çöreklenmiş. Örgülerde pırıltı. Uzun zaman saça, bembeyaz yüze bakıyor. Sonra başı ağırlaşıp yastığa düşüyor.

Gece yarısı, ay çoktan aşmış, ortalık gündüz gibi apaydınlık. Çardağın altında yatan ineğin gevişi, dişlerinin gıcırtısı duyuluyor. Uyku iyiden iyiye bastırıyor. Uyuyuverecek. Dişini sıkıyor. Kollarını ısırıyor. Ne yaparsa yapsın, uyku bir su gibi dört yanını sarmış, boyuna yükseliyor. Kızıyor, sonra gülümsüyor. Kızıyor, gülümsüyor. Sabahleyin anasının boynuna sarılıyor. Kolları anasının boynunda...

Ay, batıdaki ovaya doğru inmiş, bir ucu toprağa değecek gibi. Neredeyse kızarıp batacak.

Doğudaki dağların arkasından ince, ak bir ışık kümesi

fışkırırcasına usuldan usuldan dağların tepeleri ağarıyor. Köyün sığırları böğürmeye, köyde her şey canlanmaya başladı.

Ana diz çöküp çocuğun üstüne yumulmuş, kımıldamadan bakıyor.

Çocuğun başı yastıktan yana kaymış, boynu ipincecik, yüzü sarı. Çocuk soluk bile almıyor. Küçücük yüzü, alacakaranlıkta hayal meyal... Ana durup durup içini çekiyor...

Çocuk bir ara bir kolunu çıkarıp dışarı atıverdi. Kol bir başparmak kalınlığında ancak var. Derisi kemikten dökülecekmiş gibi kırış kırış... Ananın gözü kola takıldı kaldı.

Sonra, derinden "Of!" dedi, "yavrum ooof..."

Kımıldadı. İki yanına sallandı. Çocuğun yanından kalktı. Ay, gölgesini huğun sazlarının üstüne düşürüyordu.

Ana hışımla, "Uyandırmam" dedi. "Uyandırmam. Acımızdan öleceksek de ölelim. Bir çocuğun çalışmasından ne olur?"

Gözleri incecik kolda. Şimdiye kadar, çocuğun bunca zayıf olduğunun farkına neden varmadığına şaşıp kalıyor.

"Acımızdan öleceksek de ölelim."

Uzun, örgülü saçını ağzına alıp hırsla çiğnedi.

Aşağıdan kocası bağırdı:

"Gene uyanmadı mı?"

Kadın, okşar, yalvarır bir sesle: "Ne istersin çocuktan?" dedi. "Daha parmak kadar. Kemikleri kırılacak, öyle ince işte..."

Koca huysuzlandı:

"Bugün mutlak uyanmalı. Uyanmalı diyorum sana! Çalışsın, alışmasın tembel. Çocuklukta pişmeli."

Kadın, mırıltı halinde, korka korka: "Kolu öyle ince ki..." dedi.

Çocuğun başına varıp durdu. Gönlü bu tüy gibi hafif çocuğu uyandırıp, bu çatır çatır sıcakta, işe göndermeye razı olmuyordu.

Aşağıdaki huysuz ses: "Uyandır onu," dedi. "At tokadı. Söz verdik Mustafa Ağalara. Bu gece yarısı nereden çocuk bulurlar sonra?"

Kadın: "Herif," dedi, "hiç yüreğim götürmüyor. Bir ince ki... Onun çalışması bizi zengin mi edecek?"

Erkek: "Şimdiden çalışmaya alışmazsa..." dedi.

Kadın çocuğun saçlarını okşadı. Usuldan: "Osmanım," dedi, "Osmanım, kalk. Yavru kalk. Gün ışıdı Osmanım."

Çocuk inledi. Yavaşça bir yandan bir yana döndü.

"Osmanım, yavrum! Gün ışıyor..."

Çocuğu omuzlarından tutup kaldırdı. Öylesine yavaş tutuyordu ki... Sanki kırılıp dökülecek... Yatağına geri yatırdı.

"Uyanmıyor işte, uyanmıyor. Öldürüyüm mü?"

Hızla çardaktan aşağı indi. Çardak beşik gibi sallandı.

Erkek köpürdü:

"Allah senin de belanı versin, onun da... Uyanmıyormuş!"

"Uyanmıyor işte napayım!"

Erkek sertçe merdivenlere atladı. Çardağa çıktı, hınçla çocuğun iki kolundan tutup kaldırdı. Çocuk, bir tavşan yavrusu gibi, elinde asılı kaldı. Uyku sersemi çırpınıyor, "ana ana" diye bağırıyordu. Adam çocuğu çardaktan aşağı indirip kadının önüne atıverdi. Çocuk avlunun tozları içine serildi.

Kadın çocuğuna baktı baktı:

"Allah kimsenin yavrusunu, kimsenin eline koymasın," dedi. Çocuğu yerden hızla kapıp bağrına bastı. Çocuğun gözleri kocaman kocaman açılmış, şaşkınlıkla bakıyordu. Götürüp soğuk suyla yüzünü yıkadı.

Kendine gelen çocuk: "Ana!" dedi.

"Can!"

"Ağzıma kırmızıbiber mi koydun?"

Bu sırada Mustafa Ağanın arabası gelip evlerinin önünde durdu.

"Osman..."

Osman koşa koşa gidip, arabaya atladı. Sevinçten taşıyor, türküler söylüyordu.

Ana, Mustafa Ağalara gündeliğe giden Zeynebi bir kenara çekip: "Kurban olayım Zeynep, Osmanı kolla, çocuk... Bir deri bir kemik..." dedi.

Zeynep:

"Korkma bacı, Osmanı incitir miyim hiç?"

Tarlaya geldiler. Daha gün doğmamış... Orak makinasının düzgün sıraladığı desteler çiyli... Ot ve ıslak ekin kokusu... Kızağa atı koşup, desteleri yüklemeye başladılar. Kızakta çift yerine tek at koşulu... Atın başını Osman çekiyor, kızak dolar dolmaz, kuş gibi, harmana götürüp getiriyor...

Kızağı yükleyenler arada Osmana takılıyorlar.

"Nasıl, Osman?"

"Yaşa, Osman!"

Osman seviniyor...

Derken, kıpkırmızı bir ateş yuvarlağını andıran güneş karşı dağların ardından çıktı... Ekin saplarından, destelerden usul usul, incecik, gözle görülür görülmez bir buğu yükseliyor. Gökte parça parça ak bulutlar dönüyor...

Osman, harmanla desteciler arasında mekik dokuyor. Osman canlı, dipdiri.

Zeynep, ikide bir: "Ha Osmanım. Aslan Osmanım..." diye Osmanı okşuyor.

Gün tepeye doğru yekindi. Ortalık ışığa boğulmuş... Topraktaki ekin saplarına, destelere vuran gün şavkıyor... Işıltılar iplik iplik sönüyor. Binlerce, yüz binlerce, biribirine dolanmış ışık ipliği uçuşuyor. Destecilerin yüzleri toza bulanmış, yüzlerden oluk oluk ter süzülüyor. Dört bucağa ateş düşmüş yanıyor.

Osman kararmış, yüzü biraz daha incelmiş, kocaman gözleri kısılmış. .. Gömleğinden de ter fışkırmış...

Sabahki canlılık!.. Şimdi Osman yürürken ayakları biribirine dolaşıyor. Neredeyse düşüp atın ayakları altında kalacak... Osman tutuyor kendisini.

Toprak da kızgın demir gibi. Osman her ayağını basışta bir sıçrıyor. Bu yüzden yürüyüşü bir acayip.

Kızak gelinceye kadar, desteci kadınlar, ağızları yukarı, destelerin üstüne, güneşin alnına yatıp yorgunluklarını çıkarıyorlar.

Osman boyuna gökyüzüne bakıyor... Bir parça bulut... Bazan bir ak bulut gölgesi, üstlerinde bir an kalıp geçiyor... Gözler bulut gölgesinin arkasında...

Gün tepede... Ekin sapları çatırdıyor. Yarılmış, kızgın toprak, Osmanın ayaklarının altında... Osmanı habire hoplatıyor.

Canını dişine takmış Osman. Alttan yanıyor, tepeden yanıyor. Ciğerine kızgın bir demiri sokuyorlar gibi...

Sıcak... Dünya kamaş kamaş... Göz açıp on metre ileriye bakılmıyor.

Zeynep deste yüklerken Osmana dönüp baktı. Baktı ki Osmanın bacakları zangır zangır titriyor.

"Osman," dedi. "Osman... Osmanım, böyle yaya gidip gelme. Seni atın üstüne bindireyim."

Kaldırdı atın üstüne koydu. Osman atı sürdü. Daha bacaklarının titremesi durmamıştı. At üstünde gitti geldi. Zeynep uzaklarda deste yapıyordu. Attan atlayıp Zeynebe doğru yürüdü.

Zeynep:

"Neden atı bıraktın Osman? Ya kaçarsa?"

Osman yanına yaklaşıp elini tuttu:

"Bak," dedi, "Zeynep teyze, ben büyürsem var ya, sana altın küpe alacağım."

Koşa koşa atın başına döndü.

Sıcak boğucu... Yel esmiyor, ufacık bir fisilti bile yok. Atın üstünde Osmanın bacakları ağrıdı. Tutmaz oldu. Neredeyse düşecek... Gözü dört bir yanı görmüyor. Osman atı sürmüyor, at kendisi gidip geliyor.

Derken öğle paydosu. Sıcağın altında yemek... Kan gibi ılık su. Zeynebin tüm yalvarıp yakarmalarına karşın Osman ağzına bir lokma ekmek bile koymadı. Boyuna su içti...

Zeynep akıl etti de başına bir kova su döktü. Çocuk ondan sonra artık kendisine gelebildi.

İşe kalkarlarken Zeynep: "Osmanım," dedi, "sen git otur gayrı. Atı başkası götürsün."

Osman: "Olmaz, Zeynep teyze," dedi, "ben götürürüm. Hiç yorulmadım."

Atı elinden alınca Osman oturup hüngür hüngür ağlamaya, "Ben yorulmadım. Vallahi yorulmadım," demeye başladı.

Bir kocakarı: "Bindirin ata şunu... Düşsün de atın ayağının altında parçalansın it eniği!" dedi.

Osman:

"Vallahi düşmem, billahi düşmem. Ben yorulmadım ki!"

Bindirdiler. Bindirdiler ya, Osmanın üç dönüşten sonra başı dönmeye başladı. Kendini sıkıyor.

Bir an geldi, atın üstüne boylu boyunca uzanıp yelesine ellerini doladı. Zeynep işin farkına varıp atın üstünden Osmanı aldı. Osman kendinde değildi. Götürüp bir destenin üstüne yatırdı. "Yavru," dedi, "yavru. Ne de inatçı..."

Sonra Zeynep gene su getirip başına döktü. Güneşe karşı durup gölge etti. Osman neden sonra ayıldı. Akşama, iş paydos edilinceye kadar, Zeynebin koyduğu destenin üstünde, bomboş gözlerle, bir topak olup çalışanlara baktı. Utancından başını yerden kaldıramıyordu.

Paydosta Zeynep Osmanın elinden tutup arabaya bindirdi. Çocuk yumuşacık bir külçe gibiydi.

"Osmanım," dedi, "bugün sen çok iyi çalıştın. Mustafa Ağa hakkını fazlasıyla verecek..."

Osman şaşırarak: "Verir mi ki?" diye sordu.

"Sen çok çalıştın."

Osman canlanır gibi oldu.

Tüm aile toplanmış, dışarda, kapının önünde yemek yiyor. Ötede araba, arabaya bağlı atlar. Atlar başlarını taze ota sokmuş, hışırtıyla sanki otu sömürüyorlar. Ortalığı taze bir ot kokusu almış...

Karanlık perde perde iniyor. Atların az ilerisinde de Osman. Tarladan geldiğinden beri dikilmiş duruyor. Sabırsız, gözü yemek yiyenlerde. Yemek yiyenler Osmanın farkında değiller.

Osman bekliyor. En sonunda sabrı tükenip öksürüyor. Osman dönüyor. Yerden bir çubuk alıp gürültüyle kırıyor. Yemek yiyenler oralı değil. Sonra Osman kırdığı çubukla tozlara daireler, çizgiler çiziyor. Çubuğu olanca gücüyle toprağa sürtüyor. Çubuğun toprağa sertçe sürtülmesinden çıkan sesler... Osman muradına eremiyor. Yemek yiyenler konuşup gülüşüyorlar. Osman sinirleniyor. Habire çubuğu toprağa sürtüyor. Yaptığı çizgileri ayaklarıyla geri kapatıyor. Çubuğun ucu toprakta... Osman koşa koşa çubuğun etrafında dönüyor. Sonra yemek yiyenleri unutup kendini salt oyununa kaptırıyor... Çiziyor, çiziyor, kapatıyor.

Birden bir ses... Çubuk elinden düştü. Donakaldı. Bırakıp kaçacak, kaçamıyor.

Mustafa Ağanın karısı hayretle:

"Aman," dedi, "Osman! Osman bu... Gel Osman!"

Yerinden kımıldamıyor.

"Gel Osmanım, otur da yemek ye!"

Osman aldırmıyor, susuyor.

"Seni anan mı gönderdi?"

Osmanın başı yerde. Kaldırmıyor.

"Sen tarladan gelince eve gitmedin mi yoksa deli oğlan? Anan seni şimdi arar, merak eder..."

Kocasına eğilip bir şeyler söyledi. Sofradakiler gülüştü.

Osmanın içinden boyuna kaçmak geçiyor. Geçiyor ya, yerine mıhlanmış gibi.

Mustafa Ağa: "Bakın hele şu bana, Osmanın hakkını vermeyi unutmuşum..." dedi, kesesini çıkarıp Osmana bir yirmi beşlik uzattı. Osman kaşla göz arası parayı kaptı. Bir "Alloooş..." çekip, fırladı.

Koşa koşa eve gelip soluk soluğa anasının boynuna atıldı.

"Al!.." dedi.

Ana, yirmi beşliği üç kez başında döndürüp dudağına götürdü.

Süpürge

Birisinin adı Reşid, ötekininki Durmuştu. Reşid çok uzun boylu, incecik, Durmuş toparlak denecek kadar kısa, şişmandı.

Bahardı. Yağmur yağmış, toprağa apaydınlık bir gün vurmuştu. Toprak ışıldıyor, ışıklar sanki topraktan fışkırıyordu.

Yağmur altında sabaha kadar yol yürümüşlerdi. Şimdi ıslak sırtlarından usul usul bir buğu kalkıyordu. Epeydir yolun ortasında, konuşmadan, durup düşünüyorlardı. Belden aşağıları çamur içinde kalmıştı.

Uzakta, ovanın ortasında, bir ayna gibi çiftlik evlerinin çinkoları parlıyordu.

Durmuş ağır ağır başını kaldırdı. Reşidin yorgunluktan omuzları düşmüş, kuru, kavruk avurtları biribirine geçmiş, yaşlanmış gibiydi.

Bakıştılar. Sonra gene hiç konuşmadan yürüdüler. Ayaklarının bileklerine kadar çamur içine gömülüyorlardı. Yorgunluktan ayakları biribirine dolanıyordu.

İkindiye kadar yürüdüler. Güneşli toprağa bir duman çökmüştü. Öteden, güney taraflarından karanlık, kocaman bir bulut parçası üstlerine doğru geliyordu. Çiftliğe girdiler.

Beyaz bir horoz gübreliğin üstünde eşeleniyordu. Sonra önlerinden korkak bir köpek geçti. Boynu pırıl pırıl bir tay, durup geriniyor, sonra sıçramalarına yeniden başlıyordu.

Burunlarına ekşi gübre kokusu geldi.

Durmuş durup Reşide baktı. Reşid de durdu. Sonra kocaman, uzun, hangar gibi kerpiçten yapıya doğru yürüdüler.

Uzun yapının kapısına geldiklerinde karşılarına yerden bitme dedikleri cinsten, kara yırtık donunun içinden bile bacaklarının eğriliği belli olan çelimsiz bir adam çıktı.

Birden: "Durun bakalım," dedi. "İndirin yorganlarınızı sırtınızdan."

Reşidle Durmuş hiçbir şey söylemeden, ağır ağır yorganlarını sırtlarından çözüp duvarın dibine koydular.

Reşid: "Adını bağışla, Ağam," dedi.

Adam:

"Benim adım Veli," dedi. "Bu çiftlikte Ağadan sonra ben gelirim. Bunu böyle bilesiniz. Ben Ağanın gözbebeğiyim. Bu çiftlikte her şey benden sorulur, böyle..."

Durmuşla Reşid toparlanıp Veliye karşı saygılı bir tutum takındılar. Veli de kabardı:

"Kim gönderdi sizleri? Benim adımı mı verdiler size?"

Reşid:

"Biz geldik," dedi.

Veli kızdı:

"Kimin için geldiniz? Mercimek çiftliğine Veli adı anılmadan girilir mi?"

"Biz geldik... Kimseye sormadık... Gördük de geldik..."

Veli tepindi.

"Ulan," dedi, "kimse size orada Veli var, size iş verir demedi mi?"

Reşid sustu.

Veli ısrar etti:

"Söyleyin, demedi mi?"

Reşid:

"Senin adını," dedi, "Ağam, biz köyde duyarık."

Veli:

"Şimdiye kadar neden söylemediniz ya? Demek benim adımı köyde duyarsınız?"

Reşid:

"Duyarık."

Veli bir el işareti yapıp önlerine düştü... Onlar da arkasından yürüdüler... Küçücük, çitleri çökmüş, bükülmüş, bel vermiş bir huğun önüne gelince durdular.

Veli çekirge gibiydi.

Sert sert:

"Karı! Karı!" diye seslendi.

Evin küçücük kapısından saçı başı karmakarışık, yüzü buruş buruş bir kadın, eliyle açık göğsünü kapamaya çalışarak, göründü...

Veli:

"Karı," dedi, "bunlar bizim konuklarımız."

Kadın içeri çekildi.

Veli gürledi:

"Çulu ser, döşek at, bunlar ta Albustandan, Veli demiş gelmişler."

Veli önde, onlar arkada, içeri girdiler.

Kadın telaşla evin çamur içindeki toprağına çulu seriyordu.

Veli, çulun başköşesini gösterip:

"Oturun," dedi. "Mademki Veli demiş gelmişsiniz, benim başımın üstünde yeriniz var."

Tek odalı, basık, üstündeki otlar kalbura dönmüş evin içerisinde hemen hemen eşya denecek hiçbir şey yoktu. Yalnız köşede kılıfsız bir yorganla küçücük bir minder duruyordu. Minder öyle eski öyle kirliydi ki... İt yatmaz derler ya, öyle işte... Başkaca... Ha bir de çam su bardağı vardı. Bardağın yanı yönü sızan sularla göllenmişti.

Veli:

"Karı," dedi, "bunlar ta Albustandan benim adımı duyup gelmişler. Çabuk bir kahve yap!"

Kadın köşedeki ocağa bir iki çırpı atıp ateşledi. Sonra kocaman bir cezveye su doldurup ocağa sürdü.

Veli:

"Karı," dedi, "kahve iyi olsun, şöyle şekeri çok! Bunlar..."

Evin orta direği yanındaki, başını ön ayakları üstüne koymuş, dişleri dökülüp tüyleri seyrelmiş yaşlı köpek, gürültüye bir gözünü usulcana açıp sonra geri kapadı.

Veli:

"Size," dedi, "çok iyi bir iş bulmak gerek!"

Reşid:

"Sağ ol kardaşım Veli efendi," dedi. "Biz senin ününü duyduk da geldik."

Veli karısına döndü:

"Bak," dedi, "karı, ne diyorlar?"

Sonra Reşide:

"Bir daha söyle de karı da duysun."

Reşid:

"Biz senin ününü duyduk da... ta memlekette..."

Veli:

"Siz en çok ne iş yapmayı seversiniz?"

Reşid:

"Tutmalık."

Durmuş:

"Tutmalık."

Veli:

"Ben şimdi size istediğiniz işi veririm."

Reşid yavaş yavaş boynunu içine çekti, utana utana:

"Veli Ağam efendi," dedi, "hakkımız ne ola?"

Veli:

"Herkese ne ise size de o. Siz benim adamımsınız, size az veremez ya Ağa! Bir değil, beş değil, sizin gibi bin tane gelir gider bu kapıya. Ağa der ki: 'Veli oğlum, kimsenin hakkı kalmasın bende. Bana Allah vermiş vereceği kadar. Fakir fıkaranın hakkını koyup da boğazımda, cehennemde yatırma beni.' Bizim Ağa gibi hiç yok. Öyle öteki ağalar gibi hak yemek, kırbaçla tutma dövmek yok bunda. Başkaları bir verirse o beş verir, verir amma borçtan da kurtulmaz. Hak yemez, o taraftan korkmayın. Ben kefiliyim Ağanın."

Reşid:

"Çok iyi kardaş," dedi.

Durmuş:

"İyi, iyi, biz de böylesini arıyorduk."

Veli, Reşidin elini tuttu:

"Yok bizim Ağa gibi Çukurovada... yok! Merhameti deniz kadar. Sekiz yıldır yanındayım, bir kötülüğünü görmedim. Gelir eve kadar. İnanın, oturur şu sizin oturduğunuz çulda. 'Oğlum Veli, nasılsın?' der. 'Para gerek mi?' der. 'Yok Ağa, yok, gerek değil. Sayende geçinip gidiyoruz. Para lazım olursa, eksik olma. Kesen bize her zaman açık, gelir alırım' derim. Ağa, karıma döner: 'Nasılsın kızım, nasılsın gelinim? Geçinebiliyor musunuz? Bir noksanınız var mı?' diye sorar."

Karısına döndü:

"Kız," dedi, "öyle değil mi?"

Kadın:

"Öyle," dedi, "öyle... Ağa her zaman gelir bize. Bizim Ağamız çok eyi... Sayesinde tuzsuz sabunsuz kalmadık. Ağamız gibi var mı?"

Durmuş değneğini çenesine vermiş, Veli konuştukça, şaşkınlık gösteriyor. Başıyla boyuna "evet" diyor.

Birden ağzından kaçırdı:

"Ne iyi Ağa! Adam böylesinin yoluna ölür. Para da verirse..."

Velinin tepesi attı:

"Verir de söz mü? Ortağıyız, dedik, ulan Ağanın. Beni tutma mı sanıyorsun? Bu çiftlik benim elimde. Ben olmasam batar gider. Ne sandınız ya! Verir mi de söz mü? Benim elimde... Yak, yak! Kır, kır. Ye, iç! Kimse 'nereden gelip, nereye gidiyorsun, Veli?' diyemez."

Sonra karısına döndü. Karısının gözleri büyümüştü.

"Öyle değil mi, karı?"

Kadın:

"Nasıl derlermiş? Biz döndürüyoruz bu çiftliği tek başımıza..."

Reşid:

"Darılma Ağam, onun aklı ermez."

Durmuş kıpkırmızı kesilmiş, yüzünde ter damlaları boncuklaşmıştı. Korka korka:

"Kusura kalma Ağam, benim aklım ermez," dedi.

Reşid:

"Adamı ne bilir, sözü ne bilir!"

Durmuş büyük suçunun ne olduğunu daha bilmiyor, şaşkın şaşkın bakıyordu:

"Ben," dedi, "adamı da bilmem, sözü de... Bağışla suçumu!"

Veli:

"Haydi bağışladık. Hani, dedik, biz tutma değiliz. Bu çiftlik bizden sorulur. Ona göre!"

Bu sırada, çay bardaklarının içinde, kadın kahveyi getirmişti.

Veli düşündü. Aklına geldi:

"Kız," dedi, "çocuklar aç, şimdi. Çabuk yemek!"

Kadın:

"Sahi," dedi, "hiç akıl etmedik."

Veli:

"Ta memleketlerinden adımı duyup gelmişler. Başım üstünde yerleri var."

Dışardan kalın bir kadın sesi geldi:

"Veli Veli! Gözü kör olası Veli! Öküzlerin altını da, bizim evi de süpürmemişsin daha! Haydi çabuk..."

Veli yumruklarını sıktı. Benzi kül kesildi.

"Bu karı," dedi, "Ağaya layık değil. Gavurun biri. Bana bile, Ağaya bile evi süpürttürür."

Hızla kalkıp hınçla süpürgeyi eline aldı.

Keçi

Memedin karısı uçsuz bucaksız bozkırın ortasında dikilmiş duruyordu. Eğilip toprağı eşeledi. Epeyce aradıktan sonra birkaç tohum buldu. Toz içinde kalmış ellerinin çatlaklarına toprak dolmuştu. Tohumları sildi. Sonra dişledi. Yüzünü acıyla buruşturdu. Sonra da tohumları başörtüsüne düğümledi.

Kendi kendine: "Vay," dedi, "vay garip başım. Tümü de çürümüş... vay," dedi, "vay."

Toprağı hırsla, yiyecekmiş gibi, korkuyla yeniden eşelemeye başladı. Elleri tarlanın yumuşak toprağı içinde çırpınıp duruyor, bir tohum bulunca uzun uzun yokluyor, sonra elleri ayakları kesilip, toprağın üstünde kalıyordu.

"Vay," diyordu, "vay emeciklerim."

Tarlada azıcık olsun bir yeşillik yoktu. Boydan boya uzanmış bir boz toprak... Başkaca yaşama belirtisi yoktu.

"Ölürük," dedi, "acımızdan ölürük bu yıl."

Aradı aradı, toprakta sürüne sürüne aradı. Dizleri sıyrılmış, dayanılmaz bir acı veriyordu. Sonra oturup bir topak oldu. Uçsuz bucaksız bozkıra bakıyordu. Boş gözlerle önündeki ölü tarlaya bakıyordu. Deli gibi de başı dönüyordu.

Arada bir de, durup durup sayıklar gibi: "Vay," diyordu, "vay boşa giden emeklerim!"

Oturduğu yerden ta ikindiye kadar kalkamadı. Bir hoş olmuştu. Can çekişir gibi bir hali vardı. Neden sonra toparlanabildi. Her bir yanı sızlıyordu. Sallana sallana yola düşüp gün yıkılırken eve geldi. Ocağın yanına küskün küskün oturdu.

Memed, bir zaman karısının etrafında döndü durdu. Sonra, birden: "Kız," dedi, "öbür gün gidiyoruz Çukurovaya..."

Kadın ölü sessizliği içine gömülmüştü. Duymamış gibi davrandı.

Memed: "Gitmemek olmaz," dedi.

Kadın belli etmeden arkasını döndü.

Evin tek oğlağı, orta direğin yanında oynaşıyordu. Köşede de bir keçi bağlıydı. Hilim hilim fistanlı dört çocuk bir araya gelmişler, biribirine sokulmuşlar, öylecene duruyorlardı. Yalnız en küçüğü, çıplak denecek kadar yırtık fistanlı oğlan oralı değil, kocaman kocaman sümüğünü çekiyor, oğlağı tutuyor, kendi kendine gülüyor, oynuyordu.

Memed: "Gideriz," diyordu. "Çukurovaya varırız, çok para kazanırız evelallah... Amma ben size para gönderinceye kadar sizin haliniz neye varır? Ne yersiniz?"

Memed, içine bir şey dert olmuş gibi, boyuna konuşuyordu. Karısına sorular soruyor, yanında dört dönüyor, ama kadından bir türlü ses seda çıkmıyordu. Ocağın başında yumulmuş, taş kesilmişti.

Memed:

"Hani biliyorsun ya, avrat," dedi, "Çukurovadan sana neler getirdiydim iki yıl önce? İki öküz parası da getirdiydim. İşler kesat diyorlar ya... Yalan. İşler kesat olsa bile, benim Ağamın avradı, Meliha ablam var orada. Bana, ha demeden iş verir. Ablam gibi yok Çukurova ülkesinde..."

Kadın ağzını açıp çift mi tek mi laf etmeyince Memed de sustu. Baştan aşağı evin içinde yürüdü. Sonra kapıya kadar gitti. Sonra geri döndü. Oğlakla oynayan küçük çocuğu kucağına alıp havaya kaldırdı. Sonra usulcana oğlağın yanına geri koydu. Sonra karısına doğru bir iki adım attı.

"Tohum çürüdüyse, Allahtandır," dedi. "Ben Çukurovaya giderim," dedi. "Ne kadar para kazanırım bir gör!" Ta yüreğinden, yüreği sökülürcesine bir "Aaaah!" çekti. "Korkma gayrı, ben o zamana kadar yetiştiririm sana parayı. Komşularda da ödünç un alacak kimse yok. Milletin hepsi bizim gibi."

Kadın gene aldırmadı. İşte bu tutum Memedin içine dert olup kalıyordu. Memed kıvranıyordu. Kadınsa çenesini sağ dizine dayamış, gözlerini de ocağın küllerine dikmişti.

Memedin burasına gelmişti. Ters ters karısını süzdü. Sonra dayanamayıp dışarı çıktı. Kapının yanında keçi için kesilmiş yeşil dallar duruyordu. Dalların üstüne oturup belini duvara dayadı. Başı zonkluyordu. Sonra birden kalktı, altındaki dallardan bir kucak alıp götürdü, keçinin önüne attı. Keçi hemencecik dalların arasına başını sokup, hışırtıyla yemeye bağladı. Memed keçinin başında kalakaldı. Gözleri de doldu.

Kadın ilk kez başını kaldırıp bir keçiye bir Memede baktı. Memedle göz göze geldiler. Memed gözlerini karısından kaçırdı. Şaşkın şaşkın bir o yanına bir bu yanına baktı. Kocaman elleri telaşlı telaşlı sallandı. İki yanına döndü. Ne yapacağını bilmez bir hali vardı. En sonunda varıp oğlakla oynayan çocuğu okşadı.

"Yavru," dedi, "yavru."

Kadının gözleri Memedin üstündeydi. Ya da Memed öyle sanıyordu.

Memed koşar gibi dışarı attı kendini. Uzun, ince yüzü sararmış, kırış kırış olmuş, gözleri dışarı fırlamıştı. Kendinde olmayarak, biraz daha dal kucaklayıp keçinin önüne attı. Karısıyla gene göz göze geldiler. Memed gözlerini gene kaçırdı.

"Çukurovada kim demiş iş yok deyi... Çukurova bu! Hiç iş olmaz olur mu? Hem bana ne? Benim orada, Ağamın avradı var. Abla... Abla de de, dur orda... Yüz tane ağa değer. İki gün sonra gideceğiz."

Kadının başı daha dizindeydi. Durumunu hiç bozmamıştı. Yüzünde, Memedin söylediklerini duyduğunu gösteren hiçbir belirti yoktu.

Memed: "Şu belimi büken unsuzluktur," dedi. "Bir aylık un olsa... İş kolay..."

Gözlerini keçiden de bir türlü ayıramıyordu. Keçi başını dalların arasına sokmuş, dallardan boyuna yaprakları topluyordu.

"Keçi de ne iştahlı yiyor," sözünü ağzından kaçırdı.

Kadın birden başını kaldırıp Memedin yüzüne hışımla baktı... Memed başını eğdi.

"Bir aylık unumuz olsaydı," dedi.

Kadın ayağa usul usul, her bir yanı dökülmüşçesine kalktı. Memede bakmadan, sürünür gibi dışarı çıktı.

Memedin de dudaklarından, "Aaah! Un" döküldü.

Memed bir zaman evin içinde dört döndü. Direğin dibinde biribirlerine sokulmuş çocuklar, büyük gözlerle biribirlerini, evi, keçiyi, babalarını korkuyla süzüyorlardı.

Memed keçinin yanına varıp, bir zaman, onun dertli dertli dalları kemirişini seyretti.

En sonunda: "Ne de çok sütü vardı ala keçinin," dedi.

Bunu söylerken karısı kapıdan giriyordu. Memed bunu söylediğine bin pişman oldu.

"Kız," dedi, "nasıl olsa bir şey ederiz... Bir yerden bir aylık unu nasıl olsa buluruz. Yas çekme böyle!"

Memed, bundan sonra, köyün içinde iki gün döndü durdu. Bir aylık yiyecek unluk için çalmadık kapı bırakmadı, "İki misliyle öderim. Size çok iyiliğim dokanır Çukurovadan gelince... Benim orada Ağamın avradı var," dedi. "Sattırmayın biricik keçiyi bana. Çocuklarımın ekmeğinin katığı bu keçi," dedi. Olmadı. Kimsede unluk buğday, arpa, mısır kalmamıştı ki...

Gün kuşluktu... Bahar güneşi ılık, apaydınlık... Bozkırı doldurmuştu. Memed kapısının önünde öne doğru eğilmiş, yüzünde tarifsiz bir keder, kımıldamadan duruyordu. Biraz ötede de yol arkadaşları sabırsızlıkla onu bekliyorlardı.

Karısı da kapının eşiğinde oturmuş, gözleri toprakta... Memed kapıda sabahtan beri bekliyor, bir türlü ağzını açıp da karısına allahaısmarladık diyemiyordu. Bir zaman diyecek oluyor, sonra karısının haline, ölü gibi yüzüne, toprağa dikilmiş gözlerine bakınca bundan hemencecik vazgeçiyordu. Memed en sonunda canını dişine takıp, çabuk çabuk: "Avrat," dedi, "Allaha emanet ol! Ben on beş gün içinde sana para gönderirim. Varır varmaz ablamdan alır gönderirim. Netmeli, başka çare yok."

Kadın usulcana doğruldu. Yüzüne gülümser bir görünüm vermek istedi, ama yüzünden yalnız acı bir gülümseme gölgesi geçti.

Zorlan: "Güle güle git de, sağlıcakla geri dön," dedi.

Memed daha bir şeyler söyleyecekti. Kendini zorladı. Yutkundu yutkundu ama, söyleyecekleri boğazında düğümlendi kaldı. Yürüdü.

Kadın, onlar bozkırın düzlüğünde gözden yitinceye kadar arkalarından baktı kaldı.

Sonra birden eve girdi. Orta direğin dibinde küçük çocuk oğlakla oynuyordu. Çocuğu kolundan tuttuğu gibi bir yana fırlattı. Neye uğradığını bilmeyen çocuk ağlamaya başladı.

"Ölesice, ölesice," dedi kadın. "Gayri bir o kaldı evimizde, onu da sen örseleme!"

Keçi önündeki dalların yapraklarını yemiş bitirmiş, rahatça uzanmıştı.

Sinek

Hasan ellerini bileklerine kadar serin buğday yığınının içine soktu. Bir zaman öyle tuttu. Sonra da çıkardı.

Sıcak, boğucu bir haziran gecesiydi. Yıldızlar iri iri... İkide bir, arka arkaya, karanlığı bir kılıç gibi keserek, yıldızlar akıyordu.

Hasan harman yerinin serin toprağına ağzı aşağı yatmış, çıplak göğsünü de iyicene toprağa dayamış, soluyan karısının başına gelip durdu. Kadın körük gibi habire soluyordu.

Elli adım ötelerinde, ta karşıki tepenin dibine kadar, kapkara, karanlık bir pirinç tarlası uzanıyor, tarladan fışkırırcasına, yapış yapış, ağır bir bataklık kokusu geliyordu.

Acı, çürümüş ot kokusu... Sıcak...

Yere uzanmış kadın, harman yerinin toprağında dönüyor. Az önce harmanın öte uçundayken şimdi bu köşede.

Ağzını açmış, kesik kesik, güçlükle soluk alıyor.

Hasan gelip karısının başucuna oturdu.

Sivrisinekler kara bir bulut örneği başlarında dönüyor. Kadın çırpına çırpına yorulmuş, elleri kalkmaz olmuş... Tüm bedeni şiş içinde. Sivrisinek giyit falan dinlemiyor.

Hasanın elleri boyuna havada, göğsünde, bacaklarında.

Kadın:

"Hasan," dedi, "Hasan... Elim kolum tutmaz oldu sinek kovmaktan... Bedenim tüm parça parça."

Toprakta geniş geniş döndü... gerindi.

Sonra: "Uy, uy," dedi. "Öldüm gayri."

Yırtarcasına bacaklarını, kalçasını, göğsünü kaşımaya başladı.

"Soyka kalsın böyle dirlik. Bu ne? Gel, eve gidek."

Hasan:

"Gidek ya, ev daha iyi mi sanki? Sinek orada daha çok."

Kadın:

"Öldüm. Bu ne?" dedi.

Hasan göğsünü kadının omzuna dayayarak:

"Buğdayı çalarlar... Tüm kaldırırlar."

Kadın:

"Nedek ya?" dedi.

Hasan:

"Netmeli?"

Hasan, bu sırada, tam alnının ortasına "şırrak" diye bir tokat kondurdu.

"Of," dedi. "İğne gibi sokuyordu. Bir de içmiş ki kanı. Elim kızıl kanda kaldı."

Elini şalvarına iyice sildi.

"Hasan," dedi kadın, "ne dersin? Şu samanı yarıp içine gömülsek."

Hasan:

"Sıcaktan çatlarık," dedi.

Kadın:

"Böyle de sinek parçalayacak."

Hasan:

"Netmeli?"

Kadın kızdı. Açtı ağzını yumdu gözünü:

"Bu sineği icat eden kör olsun. Sürüm sürüm sürünsün inşallah."

Hasan:

"Çektiğimiz ellerinden..."

Kadın:

"Bir çare, Hasan? Ben sabaha dek dayanamam. Yüzüm gözüm şişti."

Elleri hiç durmuyor, tüm bedenini durmadan tokatlıyor.

"Şu tarlayı kurutmalı. Ne kadar pirinç tarlası varsa kurutmalı."

Çabuk çabuk saman yığınını açıp içine gömüldü. Girer girmez samanın serinliği dört bir yanını sarıverdi. Ürperdi.

Hasanı çağırdı:

"Gel ulan gel! Bir serin ki... Gel de gir içine."

Hasan yaklaştı:

"Yakar," dedi.

"Ya sinek?"

"Şimdi görürsün... Çık oradan.

Kadın, boğazına kadar samanın içinde... Elleri başının etrafında...

"Başıma da sineği yaklaştırmam."

"Şimdi görürsün."

Derken kadından bir ter boşanmaya, etlerine yapışmış saman çöpleri batmaya, yakmaya başladı.

"Bir serin ki samanın içi."

Hasan:

"Şimdi görürsün."

Kadın dikleşti:

"Teh," dedi, "bu köyde de erkek var sanki... Hepiniz de erkek deyi geçinirsiniz. Bir Maraşlı geldi koca ovayı göl etti."

Hasan:

"Etti," dedi. "Parası var."

Samanın içi yanıyordu. Kadın boğulacak gibi oldu. Kendini kaldırıp dışarı atacak, dişlerini sıkıyor. Hasan, önünde gidip geliyor, çırpınıyor.

"Gel Hasan, buz gibi samanın içi... Gel gir. Sinek parçalayacak seni."

"Böyle iyi."

"Gel diyorum sana."

"Böyle daha iyi."

"Gel!.. Bir koca köyün erkeği... Köyde çocuk kalmadı sıtma tutmadık. Sıtmadan millet dökülü dökülüverdi. Tüh! Sizin erkekliğiniz batsın. Gel de gir içeri."

Hasan düşündü. Birden samanları açıp içeri girdi. Önce bir serinlik... sonra...

Kadın yarı baygın bir durumda, ağzını açmış zorla soluk alıyor.

"Sizin erkekliğiniz batsın. Siz erkek olsaydınız o buraya pirinci ekebilir miydi?"

Hasan:

"Ekerdi," dedi. "Arkasında dayısı var."

"Hökümete bile gitmediniz. Çoluk çocuğumuz ısıtmadan kırılıyor demediniz. Cibinlik versin demediniz. Sizin gibi erkek olmaz olsun. Şimdi bir cibinliğimiz olsaydı..."

Hasan birden samandan fırladı.

"Öldüm," dedi. "Yandım. Sen nasıl dayanıyorsun?"

Kadında ses yok...

"Samanın içi cehennem. Varsın sinek parçalasın."

Kadın dayanamaz olmuştu. Ekşi, acı ter, batak, taze saman kokusu biribirine karışmış. Tenine yapışan, batan, sineklerin kabarttığı yerleri köz gibi yakan saman çöpleri.

"Bu köyün erkekleri batsın. Gel beni buradan çıkar öyle duracağına."

Samandan çıkar çıkmaz toprağa seriliverdi.

"Toprak bir serin ki."

Ama az sonra sivrisinekler başında ötmeye, yakmaya başladılar.

"Uuy aman, köpek gibi dalıyorlar. Köpek gibi... Kuduz köpek gibi her biri."

Bir uçtan bir uca, harman yerinin toprağında yuvarlanıyordu.

"Sizin erkekliğiniz batsın. Hökümete gideydiniz, hiç olmazsa birer cibinlik alırdınız Maraşlıdan. Bir karış boylu Maraşlıdan hep korktunuz."

Hasan:

"Biz korkmadık. Muhtar para yedi."

"Korktunuz."

"Maraşlının sözü geçgil... Hökümette adamı var."

Hasan çıplak bacaklarını boyuna toprağa sürüp kaşınıyordu.

Kadın toparlanıp harmanın içinde koşmaya başladı. Hem koşuyor, hem de: "Nereye gitsem geliyor sinek... Nereye gitsem, nereye gitsem..." diye bağırıyordu.

Yorulup toprağa oturdu. Elleri yanlarına düştü:

"Varsın parçalasın," dedi.

Bir zaman ne sinek kovdu, ne de kımıldadı.

"Elifi kaçıranı o kurtardı hökümetten. Kapıyı bacayı kırmış, Deli Şükrü. Atmış terkisine Elifi. Ver elini Sıyrıngaç yaylası. Maraşlı kurtardı onu..."

Hasan:

"Deli Şükrü işine yarar da."

"Hiçbiriniz hökümete gitmediniz. Zorla tarlalarınızı... çoluk çocuk sıtma."

Yatmış kadının kalçaları karanlıkta kapkara, koyu, yusyuvarlaktı.

Hasan, daha, çıplak şişmiş bacaklarını toprağa sürtüyordu. Sürtmeyi hızlandırdı. Gözü yuvarlak kalçada... Sıcak toprağı bir zaman kucakladı. Sonra usulcana kadına yaklaşıp elini kalçasında gezdirdi. Kadın huylandı. Öte köşeye doğru yuvarlandı.

Hasan: "Kız..." dedi.

Kadın: "Sen deli mi oldun herif," dedi.

Hasan, sürüne sürüne yanaştı. Toprak etindeydi ve sıcaktı. İçinden bir fırtına geçti.

Kadın: "Sen deli misin?" dedi. Yuvarlandı. "Ben," dedi, "uykusuzluktan ölüyorum."

Hasan aldırmadı. Ona doğru süründü.

"Parçaladı sinekler."

Elleri kalçadaydı. Boyuna okşuyordu.
Kadın: "Uuuy," dedi.
Hasan yakaladı.
Kadın kaçmaya çalışmadı.
"Deli Şükrü alınca Elifi yaylaya götürmüş... Serin."
Ter içindeydiler.

Harman yerinde, tepelerinde bir sivrisinek bulutu uğultuyla dönüyordu. Hava ağır, yapış yapış. Gece koyu karanlık. Pirinç tarlasından kurbağaların gürültülü sesleri geliyor.

Neden sonra Hasan kadını elinden tutup kaldırdı. Yattıkları toprak terden ıpıslak, çamur olmuştu.

Hasan: "Ben yarın giderim hökümete," dedi. "Veririm bir istida. Bu pirinç tarlalarının tümünü kuruturlar."

Hançer

Tepedeki kızgın güneş, gölgesini ayaklarının dibine koyu bir yuvarlak olarak düşürüyor, her bastıkça ayakları bileklerine kadar yolun kızgın tozları içine gömülüyordu. Üstü başı toz içinde kalmış, boynundan yüzünden süzülen terler tozla karışıp çamur olmuştu. Başına bağladığı mendilin bir ucunu dişleri arasına almış çiğniyor, eliyle de iki yanına işaretler yapıyor, kendi kendine konuşuyordu.

Öne doğru yumulmuş, tozları dört bir yanına fışkırtarak hızla yürürken birden durdu. Ağzındaki mendil ucunu hırsla ısırdı. Tükürecek oldu, ağzı kurumuş, dili damağına yapışmıştı.

"Ben," dedi, "gösteririm ona. Ben hırsızlık yapacak adam mıyım be? İşin ucunda ölüm var."

Daha hızlı yürümeye başladı. Ayaklarını yakan tozun farkında bile değildi. Sonra, nedense, yoldan çıkıp tarlalara saptı. Ekin sapları ayaklarının altında çatırdıyordu. Uzakta gürültüyle bir harman makinası çalışıyor, ırgatların küfürleri duyuluyordu. Harman makinasının, farkında olmadan, önünden geçti gitti.

Gözleri kısılmış, küçücük yüzü biraz daha küçülüp kararmıştı. Alnının kırışıklıklarını da çamur doldurmuştu.

Yürüdüğü toprak yarılmış, yarıklar örümcek ağı gibi dal

dal her tarafa yayılmıştı. Ayağının biri bir yarığa girip burkuldu. Müthiş acıdı. Acıdan olduğu yere çöküverdi. Toprak etini kızgın demir gibi dağladı. Sıcağın acısı... Toprağın acısı... Birden hopladı... Bir zaman şaşkın bakındı. Sonra yerden bir tutam kuru ekin sapı alıp çiğnemeye başladı. Çiğnedikçe sap ağzını kurutuyor, buruyordu. Ağzındakini tükürdü. Sonra bir tutam daha aldı.

Bir de yorulmuştu ki... Sallanıyor, yanına yönüne yalpa vuruyordu.

Zınk diye durdu. Afalladı. Ne oluyor, nereye gidiyordu? Hemencecik aklına geldi: "Namussuz, alçak," dedi kinle, "sana yaparsam yaparım. Bil ki, ulan, bu işin ucunda ölüm var. Ben hırsızlık yapacak adam mıyım? Bunca yıl Çukurovadayım, namusumla çalıştım."

Sonra gene daldı. Güneş tepesini kaynatıyordu.

O gün, ikindiye kadar, karşıki yoldan geçenler, tarlaların ortasında, güneşin alnında, dümdüz, pırıltılı bir hasır gibi alabildiğine uzanmış ovada biraz öne doğru eğilmiş adamı kıpırdamadan dururken gördüler.

Adamın gözleri kapalı... Bir ceviz ağacının altında üç yaşında, dişleri bembeyaz, gülen, emekleyen bir çocuk... Çocuk sevinçle anasının boynuna atılır. Çocuk ter içindedir. Yüzünden gözünden terler süzülür. Çocuğun gömleği yırtılmış, çocuk ağlar... Nedense hep ağlar. Sonra genç kadın tarladan döner. Dudakları yarılmış. Yaşlı ana, ak saçlı... Belini tuta tuta bir şeyler söyler... Kurumuş elleri ananın... Kurumuş eller... Eller, Çukurovanın binbir pırıltıyla dönen sıcağının içinden uzanır.

Var gücüyle dişlerini sıktı. "Namussuz... Sana gösteririm... Ben hırsızlık yapmışım ha! Gece yarısı Muharrem Ağanın pamuğunu çalmışım, öyle mi? Beni attırır mısın işten?"

Garbi yeli efil efil esmeye başladı. Gölgesi doğuya doğru bir adam boyu uzamıştı. Ta güneyde, Akdenizin üstünden parça parça ak bulutlar yükseliyordu.

Biraz kımıldadı. Sonra bir adım atıp durdu. Sonra hızla yürümeye başladı. Tarlalardan tozlu yola saptı. Önünden biri gidiyordu. Gözlerini kısıp baktı. Karanlık da yavaş yavaş çöktüğü için, önden gideni bir türlü seçemiyordu.

Adımlarını açtı. Önden gidene yetişip: "Hişt lan!.." dedi.

Öteki döndü.

Beriki sevindi: "Ali lan... Sen misin?"

Ali durdu.

"Bu işi iyi yapmadın Hüseyin," dedi.

Hüseyin: "Ben," dedi, "elcinin inadına yaptım o işi."

Ali: "Senin arkandan bir attı tuttu... Demediğini komadı. Hırsız, dedi. Namussuz, dedi. Irgat milletinin şerefini bu adamlardır beş paralık eden, dedi. Ne bileyim ben... dedi oğlu dedi. Sen bu işi yapıp rezil olmamalıydın."

Hüseyin: "Sövdü mü?" dedi.

Ali:

"Bırak benim yakamı. Ben bilmem orasını."

"Nasıl bilmezsin?"

"Bilmem..."

"Sövmedi mi?"

"Bilmem..."

"Daha ne dedi?"

"Bilmem..."

"Ben onun karısıyla yattım dedi. Öyle mi?"

"Bilmem amma, o çok namussuz adam."

"Yani yattım dedi!"

"O çok namussuz bir adam."

"Demek yüz kişinin içinde böyle dedi?"

"Alçağın biridir o."

"Vay anasını avradını. Böyle ha?"

Ali:

"Tüm Çukurovada ondan namussuz adam bulunmaz. Elci değil, ırgat celladı. Ağaların iti, ırgatların düşmanı... Senin bir çuval pamuğu onca ırgadın içinde Ağaya gösterip seni rezil kepaze etmeseydi olmaz mıydı? Herkese yapar kötülük, bir haklayan çıkmadı. Yapamaz bunu önünde görse erkek adam. Bir de..."

Hüseyin, Alinin kolundan tutup durdurdu. Kan çanağına dönmüş gözlerini delercesine gözlerinin içine dikti.

"De lan," dedi, "karısıyla yattım dedi mi?"

Ali omuz silkti:

"Bilmem..."

Hüseyinin elinde birden hançer parladı.

"De lan," dedi. "De lan!"

Ali dudak büktü:

"Bu hançeri bana çekeceğine..."

Hüseyin, Aliyi hınçla itip gerisin geri döndü.

Koşuyordu. Tarlalardan, çalılıklardan geçiyor, soluğu kesilip duruyor, sonra yeniden koşuyordu. Bacakları kan içinde kalmıştı.

Arada bir ayın üstünü bir bulut parçası kapatıyor, her bulut gelişte Hüseyinin yüreği hop ediyordu. Hüseyin, ağzı aşağı bir kara çalının karanlığına yatmış, elindeki hançerini sıkıyor, tirtir titriyor, olanca gücüyle geriniyordu.

Ay batıdaki dağlara doğru indi. Hüseyinin gözü karşı karanlık dağlarda, gökteki kocaman ayda. Ay bir türlü batmak bilmiyor.

Biraz ileride, harman yerindeki ırgatlar çoktandır uyumuşlar.

Irgatların ötesinde, harman yerinin sağında, elcinin cibinliği de esen yelle usul usul sallanıyor.

Ay dağların tepesine oturdu kaldı. Hüseyin hançerin kabzasını yakalamış... Uçacak gibi...

Ay iniyor...

Derken ay batıverdi. Hüseyinde bir telaş, bir titreme...

Hüseyin sürüne sürüne cibinliğe doğru gidiyor. Soluk bile almıyor.

Usulcana cibinliğin yanına yattı. Cibinliğin içindeki rahat rahat horluyor. Sonra sayıklıyor.

Hüseyin cibinliğin karanlığına boylu boyunca uzanmış... Öteki horlayıp yatakta dönüyor... Hüseyinin hançeri tutan elinde, bileğinde bir sızı... Bilek düşecekmiş gibi... Yüreğinin sesi gürültülü. Hüseyin gürültüden ürktü.

Az ilerde kımıldayan bir gölge... Hüseyin hışımla hançeri toprağa çakıp fırladı.

Düşe kalka köye doğru koşuyordu.

Beyaz Pantolon

Çok sıcak vardı. Mustafa çocuk tere batmıştı.

Dikmekte olduğu yırtık ayakkabı, Mustafa çocuğun elinde kalakaldı. Ötelere öyle bir daldı ki... Dışarda güneş, kasabanın eğri büğrü, bozuk, parkeleri sökülmüş caddesine alabildiğine çökmüştü. Karşı damın kirli duvarının köşesindeki kalın yapraklı incir ağacının koyu gölgesine dili bir karış dışarda bir köpek upuzun serilmiş uyukluyordu. Bir zaman köpeğe baktı. Öyle bir isteksizdi ki, yırtık ayakkabı sanki elinden düşecekti. Yan gözle, ustaya çaktırmadan, şöyle bir baktı. Usta her zamanki gibi işine dalmıştı.

Ayakkabıyı örse koyup gelişigüzel bir çivi çaktı. Topuktaki yırtığı dikmeye başladı. Hiç canı istemedi, bıraktı.

Bu ayakkabı, şimdiye kadar eline gelen ayakkabıların en parçalanmışıydı. Her bir yanı dökülmüştü. Bunu dikip bitirebileceğini hiç aklı kesmiyordu.

"Bunu ben yapamam," dedi.

Usta bir ara başını kaldırıp Mustafaya baktı:

"Ne o?" dedi. "Ne o Mustafa, sabahtan beri evirip çeviriyorsun. Ne o?"

Mustafa: "Usta," dedi, "her bir yerleri dökülmüş. Bir araya gelmiyor ki..."

Usta: "Uğraş hele," dedi.

Mustafa akşama kadar canını dişine takıp dikti söktü, dikti söktü. Olmadı. Ter burnundan oluk gibi akıyordu.

Karşıdaki incir ağacının ağır gölgesi gündoğu tarafına doğru uzandı. Güneş de karşı tepeye doğru indi. İşte bu sırada dükkana ustanın zengin bir arkadaşı, Hasan Bey geldi. Usta ile şakalaştılar.

Hasan Beyin bir ara gözü kan ter içinde kalmış çocuğa ilişti. Sonra ustaya: "Bu çocuğu üç günlüğüne versene bana," dedi. "Tuğla ocağında çalışır mı?"

Usta: "Çalışır mısın Mustafa?" diye sordu. "Hasan Amcan tuğla ocağı yakıyor."

Hasan Bey: "Üç gün, üç gece," dedi. "Gündeliğini alırsın. Gündeliğin bir buçuk liradandır. Cumali var ya, Savrun mahallesinden Cumali, ona yardım edeceksin. İyi adamdır, seni çok çalıştırmaz."

Mustafa sevindi:

"Peki Hasan Amca, anama söyleyim de..."

Hasan Bey: "Söyle," dedi. "Söyle de yarın bizim bahçeye gel. Öğleden sonra işe başlayacaksınız. Ben orada olmam. Sen Cumaliyi bul."

Usta haftada bir yirmi beşlik verir. Aylardan temmuz. Bir ayda eder bir lira. Bir yazlık ayakkabı iki lira. Bir beyaz pantolon üç lira. Hepsi eder beş lira. Temmuz, ağustos, eylül... Hepsi ne eder? Üç lira. Demek ki yazlık ayakkabıdan, sütbeyaz pantolondan umut kesik.

Yaşşa bre Hasan Bey... Var olsun Hasan Bey. Hasan Bey gibi adam yok bu kasabada. Gündelik kaç? Bir buçuk lira, dedi. Üç gün, eder dört buçuk lira.

Ellerini iyice yıkarsın, ama iyice, sabunla. Sonra beyaz keten ayakkabıyı kağıdından usulca çıkarırsın. Ayaklarını da iyice yıkarsın gıcır gıcır, sonra geçirirsin ayağına. Çoraplar da bembeyaz. Pantolona hiç el dokundurmamalı. Sakız gibi pantolon çabuk lekelenir.

Köprünün başı... Köprübaşında kızlar gezer. Eteklerini rüzgar uçurur. Bacaktaki beyaz pantolonu rüzgar iyice gerer.

Mustafa koşa koşa anasına gitti:

"Anam be! Anam, anam, güzel anam, ben Hasan Beyin tuğlasını Cumali ile yakacağım."

Anası: "Olmaz," dedi.

Mustafa kızdı:

"Nedenmiş o?" diye sordu.

Ana: "Sen hiç tuğla yaktın mı?" dedi. "Tuğla yakmak nedir bilir misin? Üç gün üç gece uyumayacaksın. Dayanabilir misin yavrum?"

Mustafa: "Dayanırım," dedi.

Ana: "Ben bilmem mi?" dedi. "Sabahtan seni uyandırırken neler çekerim ben!"

Mustafa: "O başka bu başka," dedi.

Ana: "Hele hele," dedi.

Mustafa: "Hiç uyumam," dedi.

"Uyursun diyorum sana. Dayanamazsın."

Mustafa: "Bak," dedi, "güzel anam, hani Tevfik Beyin oğlu Sami..."

Ana: "Eeee?" dedi.

Mustafanın gözleri umutla parladı. Anasının huyunu bilirdi.

"Hani, o beyaz pantolon giyer. Hani sütbeyaz. Sütbeyaz lastikleri..."

"Eeee?"

"Bir güzel... Sütbeyaz... Bir güzel... Kar gibi. İpek mintanım yok mu? Onu da giyerim. Yakışmaz mı?"

Ana başını önüne eğdi, yüzü sarardı.

Mustafa: "De bakayım, de bakayım yakışmaz mı?" dedi. "Hiç de kirletmem. Üç gün ne güzel çalışırım. Alırım parasını... Ya, alırım işte. Götürürüm terzi Vayis Ustaya. İki lirasına da Hacı Memedden beyaz lastik alırım. İpek mintanım da sandıkta. De, yakışmaz mı?"

Tuğla ocağının içine eğilip baktı çocuk. Ocak karanlıktı. Ocağın önüne birer küçük tepe gibi çalılar yığılmıştı. Öğleye kadar oralarda gezdi durdu. Beyaz pantolonun sevinci, üç gece uykusuz çalışmanın korkusu içinde, bir ürperti geçiriyordu.

Öğleyin, toza tere batmış bir durumda Cumali geldi. İri bir adamdı. Ağır ağır, bastığı yeri kollayarak yürüyordu. Ocağın yanında durdu. Cumaliyi görünce Mustafanın korkusu bir kat daha arttı. Cumali gene aynı ağırlıkla ocağın ağzına yürüdü. Yüzü kızgındı. Bir kez olsun dönüp de Mustafanın yüzüne bakmadı. Ağır ağır eğilip başını ocağın ağzından içeri soktu. Bir zaman öyle durdu. Sonra çekti. Mustafaya doğru bir iki adım attı. Sonra başını kaldırmadan, sert sert: "Sen ne geziyorsun burada, ulan?" dedi.

Mustafa kekeledi:

"Hiç," dedi.

İçinden her şeyi bırakıp kaçmak geçti. Yapamadı.

Cumali: "Ne arıyorsun orada ulan?" diye yineledi.

Mustafa: "Beni buraya Hasan Bey saldı," dedi. "Sana yardım edeyim deyi."

Cumali kızgınlıkla, ağırlığından hiç de beklenmeyen bir çeviklikle, çocuğa arkasını döndü.

"Bak hele," dedi, "bak hele şu deyyus Hasan Beyin yaptığı işe! Kocaman bir tuğla ocağını el kadar bir çocuğa yaktıracak." Kocaman elini açtı: "El kadar."

Sonra Mustafaya: "Ulan piç kurusu," dedi, "sen ocak yakmak bilir misin?"

"Bilirim ya."

"Ulan it oğlu it, üç gün, üç gece..."

"Bilirim..."

"Ulan orospu çocuğu, sen ananın karnında mı öğrendin bu işi? Üç gece dayanabilir misin?"

Mustafa sustu.

"Oğlum, sen bu işi beceremezsin. Benim de başımı belaya sokma. Şu gördüğün ocak üç gün yanacak, üç gün üç gece durmadan çalı çekeceksin. Bir iki saat ben... bir iki saat de sen atacaksın. Sen buna dayanamazsın. Git ananın evine. Git de Hasan Beye de ki, 'ben bu işi yapamam.' Olur mu? Senin yerine başka bir adam bulup göndersin."

Mustafa durdu durdu, sonra kasabaya doğru birkaç adım attı. Ayakları geri geri gidiyordu sanki. Yürümekten vazgeçti. Gözünün önünden beyaz pantolonlar –ne olursa olsun, beyaz olsun da–, beyaz bulutlar, beyaz çamaşırlar, pamuk yığınları, bir sürü beyazlıklar uçuşuyordu. Bir ağlama, önüne geçilmez bir ağlama isteği genzini yaktı. Kendisini tutmasa hemencecik boşanacaktı.

Yalvaran, yumuşacık bir sesle: "Cumali Amca, ben kocaman bir adamdan da çok çalışırım. Hiç uyumam," dedi. Sonra birden aklına geldi: "Hem ben şimdi gidersem Hasan Bey geri gönderir beni. Gündeliklerimi peşin aldım, onla da bir lastik ayakkabı, bir beyaz pantolon aldım. Ya Cumali Amca."

Cumali hışımla: "Git," dedi, "başıma bela olma!"

Mustafa dikeldi:

"Ne yani, ne diye ekmeğime sebep oluyorsun? Yani çocuk diye. Ne yani! Ben herkeslerden çok çalışırım. Parasını aldım zaten. Şimdi gidersem geri gönderir Hasan Bey!"

Cumali: "Yaa," dedi, "demek öyle ha!"

"Peşin aldım paramı.

Cumali: "Gel öyleyse," dedi. "Ya çalışamaz yarıda bırakırsan? Gösteririm o zaman ben sana..."

Mustafa koşa koşa Cumalinin yanına vardı. Sevinçten taşıyordu. Cumaliyi kocaman sağ elinden tuttu.

"Bir çalışırım ki... Bir yakarım ki ocağı. Yaa, ben paramı peşin aldım, o paraya da beyaz pantolon aldım. Vayis Usta dedi ki, 'En güzel dikişi senin pantolona vurdum,' dedi. Yaaa... Sen de peşin aldın değil mi? Bir yakarım ki ocağı..."

Cumali yumuşak, okşar gibi bir sesle: "De bakalım deli oğlan göreyim seni," dedi.

Cumali, yanında getirdiği bir çam parçasını ateşleyip ocağa attı. Az sonra içerdeki çalılar usul usul çatırdamaya başladı. Sonra da birden tutuştu. Yalımlar bir pencere büyüklüğündeki ağızdan dışarıya sündü.

Cumali küfretti:

"Puştlar," dedi, "bunlar hep puşt zaten. İlk ocağa bu kadar çalı doldurulur mu?"

Mustafayı karşısına aldı. Çalıları ocağa nasıl, ne biçim atacağını uzun uzun anlattı. Hem küfrediyor, hem anlatıyordu. Ocağın ağzından dışarı fışkırarak dört bir yanı yalayan yalımlar az sonra geri çekildi. İçerisi karanlık bir mağara gibi kaldı. Mustafaysa Cumaliye sormadan bir kucak çalıyı götürüp içeri sürdü. Bir, bir kucak daha... Öğleüstünün sıcağı tozlu yola, koca, kalın yapraklı, ağır gölgeli incir ağaçlarına, yan tarafta erimiş kalay parlaklığında akan çaya, kül rengi göğe, tepede dönüp duran tek bulut parçasına, ağaçlara, arada sırada uçan kuşlara, boynunu bükmüş tozlu otlara, kavrulmuş çimenler üstündeki sarı çiçeklere, akyoğurt çiçeklerine, kurumuş çalı yığınına, her şeye işlemiş, her şeyi kavuruyordu. Sıcaktan bütün dünya, canlısıyla cansızıyla terliyordu. Mustafa da işte bu sıcakta durmadan çalı öğüten ateşe çalı yetiştiriyor, terliyordu. Ocağa yaklaşıp içeriye çalı atmak bir ölüm. Tepede güneş, karşıda ateş... Mustafanın kara, ışıltılı gözleri... Gülen ak dişleri... Mustafanın yüzü kızarmış, ocaktaki yalımlar gibi olmuş. Mustafanın gömleği de terden sırsıklam.

Güneyde Akdenizin üstündeki ak bulutlar top top yükselince bil ki Akdenizden serin, ıslak bir yel esecek, sıcaktan pişmiş insanları ıslak bir havlu serinliğiyle saracaktır.

Yolların tozlarını kaldırarak ilk serin yel çıktı. Mustafa yorgunluktan, açlıktan titriyordu. Bu sırada, ötedeki incir ağacının gölgesine sırtüstü yatmış, cigara içen Cumali gönülsüz gönülsüz kalktı.

Mustafaya sertçe: "Haydi git de yornuğunu al. Olmaz mı," dedi.

Mustafa elindeki son çalıyı da içeri attı.

Gün kavakların tepesinden aşağıya inip battı. Kavaklar karanlık bir perde gibi kaldı.

"Gel ulan Mustafa, gel de ekmek yiyelim," diye çağırdı Cumali.

Hasan Beyin gönderdiği çıkını açtılar. Peynir, taze soğan, yufka ekmek vardı. Mustafanın karnı yapışmıştı. Yemeği bitirinceye kadar hiç konuşmadılar. Mustafa gidip çaydan testiyi doldurdu. Su, kan gibi ılıktı. Yemeğin üstüne uzun uzun içtiler. Cumali elinin tersiyle sarkık, uzun bıyıklarını sıvazladı.

Mustafa hemencecik kalktı, işin başına geçti. Cumali de suyun kenarına gitti. Sonra ağır ağır, sallana sallana geldi.

"Mustafa," dedi, "ben uyuyacağım. Yorulursan kaldırırsın beni emi?"

"Olur Amca," dedi Mustafa.

Gece yarıyı çoktan geçmiş... Ay kavakların ardında düşmüş, ağaçların arasından bir dilimi görünüyor.

Ocaktan da Mustafanın yüzüne yalımların ışığı vuruyor. Mustafanın zayıf, bir deri bir kemik yüzü yalımdan daha kırmızı. Kırmızı yüz, boncuk boncuk terlemiş. Terler parlıyor. İçerde yalımlar nasıl da boğuşuyor! Sağ yandan gelen kocaman kocaman yalım dalgası, orta yerde arkadan gelen bir sürü ince yalımla sarmaş dolaş oluyor. Sonra bu sarmaş dolaş olmuş bir top yalım, ocağın ağzından dışarıya fışkırıyor. Dışarıda kopup, karanlıkta bir parlayıp sönüyor.

Mustafa kulak kesildi: Her çalıyı atışta büyük bir çıtırtı, bir uğultu, bir inleme, ağlayan bebelerin sesi gibi bir vızıldama geliyor içerden.

İçinden: "Vay," dedi. "Çalılar da ağlıyor."

Cumalinin sesini duydu. Cumalinin sesi uykulu...

"Cumali Amca ne diyorsun?" diye sordu.

Cumali bir daha seslendi: "Yoruldun mu? Geleyim mi?"

Mustafa tepeden tırnağa bir ürperdi. Soğuk soğuk ter döktü. Titredi. Kocaman bir kucak çalıyı çatal ağaçla ta ocağın dibine kadar fırlattı.

"Yok," dedi, "ben yorulur muyum hiç? Sen uyu Amca."

Cumali ses çıkarmadı.

Öyle yoruldu, öyle terledi, öyle pişti ki... Artık ocağa yaklaşmıyordu. Ya çatal ağaç da olmasaydı, hali işte o zaman dumandı. Çalıyı kucak kucak ocağın ağzına yığıyor, çatal ağaçla da üstüne var gücüyle abanıp ocağa fırlatıyor, bu sırada ocağa yaklaştığı için, bir sıcak dalgası ortasında kalıp çatlayacak gibi oluyor, bu yüzden de karşıdaki tümseğe kadar koşuyor, göğsünü esen yele veriyordu.

Hava bir su gibi ağır, boğucu, akıyordu.

Tepenin arkasındaki gökte kalın bir ışık şeridi var. Parlak.

Mustafa çocuk şimdi artık yarı baygın. Artık tümseğe kadar koşacak gücü yok. Yırtık pantolonunu, gömleğini çoktan çıkarmış.

Şafağa doğru bir kuş öter. Küçük bir kuştur. Uzun, keskin bir sesi vardır. İşte, o kuş öttü.

Cumali bir kez daha uyanıp: "Yoruldun mu?" diye sordu.

Mustafa: "Yok Amca," dedi, "hiç yorulmadım."

Bunu söylerken soluğu kesildi, boğulacak gibi oldu. Sesi ağlamsıydı. Cumali gerinerek ayağa kalktı. Gözlerini ovuşturdu. Sonra bir çalının dibine uzun uzun işedi.

Çocuk dişini sıktı. Olduğu yerde sallandı. Kendini zor tuttu. Titreye titreye kucağındaki çalıyı götürüp attı.

Cumali: "Haydi git yat," dedi.

Hasan Bey geldiğinde Mustafa daha uyuyordu.

Hasan Bey Cumaliye: "Çocuk nasıl? İyi çalışıyor mu?" diye sordu.

Cumali de dudak büküp ağacın altında uyuyan Mustafayı gösterdi:

"Çocuk," dedi.

Hasan Bey: "İdare et, sonra hesaplaşırız," dedi, gitti.

Mustafa uyandığı zaman üstüne gün vurmuş, kavurmuştu. Elini toprağa dayayıp kalktı. Toprak kızgın demire dönmüştü. Gerinecek oldu, öyle bitmişti ki gerinemedi. Tüm kemiklerini kırmışlardı sanki. Öyle sızlıyordu işte. Her bir yanı dökülüyor. Canını dişine takıp olanca gücünü topladı, fırladı.

Soluk soluğa: "Cumali Amca kusura kalma," dedi. "Uyuyup kalmışım."

Hemen çalılara sarılıp ocağa atmaya başladı. Çalılar ocakta kuş gibi ötüyordu. Ortalıkta bir acı, ıslak, yakan koku vardı.

Cumali: "Ben demedim mi uyur kalırsın diye..." dedi.

Mustafa duymamışçılığa vurdu.

Biraz çalışınca açılıp kendine geldi.

"Aloooş be," dedi, "ilk günü atlattık."

Sonra gözünün önüne iki kocaman sıcak günü, cehennem gibi yapış yapış, insanın etine sıvanan boğucu geceyi getirdi. Birden umudu kesildi.

Daldı. İki gün de ne yani? Pamuk o kadar beyaz değildir. Dokurken ilaçlarlar tabii. Hiç ilaçlamaz olurlar mı? İkindiüstü Süleyman tepesi, tepenin yanındaki yol, Savrun çayı, kasabanın kalın, esmer bacaklı kızları. Köprünün üstü... Savrun çayı apaydınlıktır. Arka arkaya, yukarı doğru uçan balıkları görürsün. Suyun dibindeki çakıltaşlarını say. Çakıltaşlarına güneş vurur ya!

İşte böyle, hep Mustafa çalıştı. Yoruldu, öldü bitti, canını dişine takıp çalıştı. Cumali ağır, hantal, domuzuna uyudu uyandı, "yoruldun mu?" diye sordu. Ateş önünde pişen çocuk boynunu büktü, karşılık vermedi.

Bu gece, son gecedir. Parlak ay, kavakların üstünde. Mustafa ayaklarını çekemiyor. Bir gececik kaldı işte. Bir gece be!

Cumali her zamanki sertliğinde:

"Öyle ne kımıl kımıl ediyorsun? Gelsene gayrı."

"Geldim Amca," dedi, "geldim işte."

"Yorulunca uyandır."

Ateş biraz azalırsa tuğla pişmez. Tüm emekler boşa gider. Bir saniye bile çalısız kalmamalı ocak. Yalımlar dışarı çıkıp geceyi yalamalı.

Gayrı kolları da tutmaz olmuştu. Dışarı çıkan yalımdan iğreniyordu. Artık serinlemek için karşı tümseğe kadar koşacak hali de kalmamıştı. Şimdi ne yapıyordu? Çalıyı getirip ocağa atınca ağzı aşağı toprağa kapanıyordu. Gece toprağı serindi. Yatınca da bir türlü kalkamıyordu. Başı önüne düşüyor, uyukluyor, sonra birden var gücünü toplayıp fırlıyordu.

Yalımlar sarılıyor, dolaşıyor, kırmızıdan sarıya, karaya dönüyor. Yalımlar başının ucundan karanlığa kayıyor, uçuyor.

Son çaba... Gözünü doğuya dikti. Işık şeridi ortalarda yok.

Cumaliye doğru hınçla bir tükürük fırlattı. Dili damağı kurumuştu.

"Vay," dedi, "vay anasını avradını... Cumali Amcası..."

Bir kucak çalıyı hırsla götürüp ocağa attı.

Elleri göğsü yırtılmış yanıyor, acıyor. Her yerinde kan kurumuş.

Işık şeridi nerede kaldı? Tanyeri daha kapkaranlık. Gözleri kocaman açıldı. Bir titreme aldı. Karanlıkta, kapkara bir perde olan kavaklar, tümsek, yalımlar, ocak, çalılar, tanyerinin berisindeki tepe, horlayan Cumali, hepsi biribirine karıştı. Dünya, etrafında fırdöndü. Kusacağı geldi.

"Cumali! Cumali Amca! Cumali Amcaaa!.."

Kendinden geçti.

Neden sonradır ki Cumali uyandı, gerindi. Yattığı yerden: "Mustafa, yoruldun mu?" diye bağırdı.

Ses gelmedi. Yineledi. Birkaç kez yineledikten sonra kızgınlıkla kalktı. Baktı ki ocak karanlık içinde. Tepesinin tası attı. Çocuğa müthiş bir tekme savurdu.

"Gavur oğlu gavur, mahvettin beni. Bir ocak tuğlayı ben ödeyeceğim."

Ocağın içine bakınca yüreğine su serpildi. Ocak daha sönmemiş, yalımlar ince ince duvarları yalıyor.

Çocuk, şafak atarken kendine gelebildi. Korkulu gözlerle dört yanına bakındı. Cumaliyi kan ter içinde, kıllı göğsünü açmış ocağa habire çalı atarken gördü. Ödü koptu. Oturduğu yerden usul bir sesle: "Cumali Amca, vallahi Cumali Amca..." dedi.

Cumali hışımla geriye baktı.

"Allah belanı versin git!" dedi. "Git de yat! Ne cehennemde yatarsan yat!"

Çocuk inlercesine: "Vallahi yani Cumali Amca," dedi.

"Git yat diyorum sana," dedi öteki.

Gün çıkıp da karşı tepenin üstüne oturuncaya kadar Mustafa oturduğu yerde, başı önünde, oraya bağlamışlar gibi, kımıldamadan kaldı. Gün tepenin üstünden yukarılara doğru yükselmeye başlayınca başı iyicene önüne düşüp sızakaldı.

Tuğla ocağı geniştir, büyüktür. Yarısından çoğu toprağın dışında olan bir kuyuya benzer. Tuğla ocağının üstünü kubbe gibi örüp üstünü toprakla örterler.

Ocak ilk yakıldığında tuğlalar kurşuni bir renk alır. İkinci gün kapkara kesilir. Üçüncü günün sabahına kadar bu böyle sürer. Üçüncü günün sabahındaysa kıpkırmızı olur.

Ve gün kuşluktu. Mustafa korkuyla uyandı. Geceyi anımsadı. Kalkmak istedi kalkamadı. Gözünü zorla açıp ocak tarafına baktı ki Hasan Bey gelmiş. Zorladı. Yavaş yavaş kalktı. Yanlarına doğru yürüdü. Ocağın etrafını döndükten sonra içeri baktı. Tuğlalar billur gibiydi. Kırmızı billur nasıl parlar, işte öyle parlıyordu.

Mustafa, hiç Hasan Beyden yana bakamıyordu.

Hasan Bey ona yaklaştı, bir bakışını yakaladı, gülerek: "Yahu Mustafa," dedi, "biz seni buraya uyuyasın diye mi göndermiştik?"

Mustafa: "Vallahi Amca," dedi, "her gece..."

Cumali sert sert baktı.

Sıcaktı... Tuğla ocağında öğle sıcağı kaynıyordu. Ocağın ağzını kapadılar.

Mustafa, şavkı dört bir yana vuran çaya koştu. Suya girince çalıların yırttığı yerler sızladı. Ama sudan terütaze çıktı. Eve çabuk yetişmek için koşuyordu. Bir sevinç dalgası sarmıştı her bir yerlerini.

Eve yaklaşır yaklaşmaz bağırdı:

"Ana, ana!.."

Ana dışarı çıktı. Mustafayı görünce bir çığlık attı. Dizlerini dövmeye başladı:

"Vay yavrucuğum, vay yavrucuğum, böyle ne olmuş sana?"

Mustafa donup kaldı. Olduğu yerde kanı kurumuş gibi dimdik kaldı. Mustafanın yüzü kurumuş, kavrulmuş, yırtılmıştı. Gözleri de çökmüştü.

"Vay yavrum, vay yavrum... Sana ne etmişler böyle!"

Kucaklayıp içeri götürdü.

Sabahleyin Mustafa anasına sarılıp: "Beyaz pantolon," dedi.

Ana: "Olmaz olsun..." dedi.

Mustafa: "Yakışmaz mı ki?" diye sordu.

Ana kucaklayıp öptü.

Sonra Hacı Memede gidip bir beyaz lastik, bir beyaz çorap beğendi. Sonra Vayis Ustaya gitti.

Vayis Usta: "Mustafam," dedi, "sana en güzel dikerim."

Mustafa sonra dükkana gitti. Ustası çok erken gelmiş, işine başlamış, söküklerin üstüne eğilmiş dikiyordu.

Ustasının kaşları püskül püsküldü. Beli de birazcık kamburdu. Sakalları da uzamıştı. Örümcek ağlı, tozlu, yarısı çökmüş dükkan eski deri, gön kokuyordu.

Ustasına: "Usta be!" dedi. "Vayis Usta benim pantolonu en güzel dikecek."

Usta: "Diker," dedi. "İyi adamdır."

Üç gün geçti, dört gün geçti, bir hafta geçti. Hasan Beyden ses seda yok. Daha doğrusu Hasan Bey oralı bile değil. Mustafa bu arada kendi kendini yiyordu ama, ağzını açıp da ne Ustaya, ne anasına bir şey söylemiyordu. Bir gün, Hasan Bey dükkanın önünden geçerken Usta çağırdı. "Yahu Hasan Bey," dedi, "şu bizim oğlanın gündeliklerini versene."

Hasan Bey durdu, düşündü. Başını salladı. Sonra birden: "Peki, vereyim," dedi.

Bir tane kağıt lira, iki de yirmi beş kuruşluk çıkarıp masanın üstüne koydu.

Usta paraya baktı baktı:

"Yahu Hasan Bey, bu bir gün için. Üç gün çalıştı çocuk."

Hasan Bey: "Hep uyumuş, her gece uyumuş... Onun gündeliğini de Cumaliye verdim. Bu da senin hatırın için," dedi gitti.

Mustafa: "Vallahi Usta her gece..." dedi kaldı, gerisini söyleyemedi. Lafı boğazında düğümlendi. Başını önüne eğdi.

Uzun, kahredici bir sessizlikten sonra Usta: "Bana bak, Mustafa sen iyi yetiştin artık," dedi. "Yaptığın pençeler çok güzel. Bundan sonra benden her hafta bir lira alacaksın."

Mustafa, başını korka korka kaldırdı. Islak gözleri ışıltı içinde kaldı. Ustaya sevinçle güldü. Usta da güldü.

"Bugün temmuzun onu," diye düşündü Mustafa, "bir hafta, iki hafta, üç hafta... Sonra tamam."

Usta: "Al şunu ver Vayis Ustaya," dedi. "Benden de selam söyle. Kumaşı en iyisinden alsın. Üstünü versin paranın sana. Onla da ayakkabı al. Bu bir buçuğu ben alıyorum. Şimdi, senin bana üç buçuk haftalık borcun var."

Mavi beş liralığın üstünde uçarcasına koşan, dili bir karış dışarda bir kurt resmi vardı o zamanlar.

Halis Serkisof

İbibikler nakışlı, cümbüşlü kuyruklarını sallayarak yoldan uçuyorlar, az sonra geri konuyorlardı. Hacıysa eşeğine yan binmiş, kasketinin siperini kavurucu sıcağa aldırmadan sağ kulağının üstüne çekmişti. Gıdıl gıdıl, rahvan giden eşeği, arkasında fırın külü gibi sıcak, savrulan bir toz kaldırarak yürüyordu. Eşeğin tam kıvamında, gıdıl gıdıl yürümesi çok hoştur. Üstündeki kuştüyü yatakta imiş gibi rahat eder. At mı, Allah belasını versin. Sallaya sallaya insanı öldürür. Kıçı yağır olur adamın. Bir de deveye binmek safalıdır. Doyum olmaz. Hacıya sorarsanız, boz sıpanın üstüne yoktur. Hacı, ipekli, kuştüyünden yatak istemez. Boz sıpaya binip de sarı sıcağın altında tarlaya doğru bir gidişi vardır ki, eh, deme gitsin!..

Boz sıpa, çapa vuran ırgadın önünden iki üç kez afili afili geçer, sonra durur, başını havaya kaldırır, kuyruğunu havaya diker, uzun uzun anırır. Sonra da bir uzun işer. Hacının bacakları uzundur. Boz sıpanın üstünden uzatsa yeri süpürür. Bu yüzden Hacı ayaklarını toplar. Topladığında bile ayakları yerden iki parmak yukarıdadır. Bacaklarına boz sıpanın işemiği sıçrar. Irgatlar gülüşürler. Hacı, "it dölleri," diye dişlerini sıkarak küfreder. Irgatlar daha çok gülüşürler. Hacı, Kara Ayşeyi gözüne kestirip, "bunları hep sen kışkırtıyorsun üstüme, seni şimdi yere yatırırım," diye üstüne yürür. Kara Ayşe çapasını kaldırıp, "hoşt koca köpek," der. Hacı böylelikle gülmeyi başka yöne çevirir. Bazı bazı düşünür: "Şu Kara Ayşe ne iyi kadın. Tüm şakaları götürür."

"Tüm şakaları götürürsün. Allah da seni götürsün Kara Eşe!"

Kara Ayşe hiddetlenir:

"Allah bu genç yaşta beni götüreceğine, senin gibi kırçıl deyyusu götürsün. Bir işe yarar hiç olmazsa. Avradın bir genç koca bulur da evlenir."

Bu şaka, böylecene yarım saat kadar sürer. Sonra Hacı ciddileşir. Bundan sonra da kimsenin ağzını bir zaman bıçak açmaz. İkindi yeli çıkınca herkes Hacıyı unutur. Türküye başlarlar. Hacının sıpası anırmaya başlar. Kulaklarını diker.

Nasıl bir gündü? Sıcaktı belki de. Dayanılmayacak kadar. Hacı gelmiş ırgatlara buyruk üstüne buyruk veriyordu. Kızgındı. On beş yıllık elcibaşılık, ırgatbaşılık hayatında bu kadar sert olmamıştı. Ağadan zılgıtı yediği belliydi.

Irgatların arkasında, önündeki topal eşekte meyve yüklü bir satıcı duruyordu. Yüzünden, kırmızı taze yanaklarından Darendeli olduğu belliydi. İt oğlu it bir şeye benziyordu. Öyle bir duruşu vardı.

"Namkörler. Namkör köpekler. Arkanızda ot bırakırsınız. Otu bırakır pamuğu vurursunuz. Ağa benimle cebelleşir. Ağa beni yerden yere vurur. Size ne! Olan bana olur. Hacı rezil olur yerinize. Bir de paydos zamanı gelmeden paydos edersiniz. Olmaz."

Irgatlar boyunlarını toprağa eğmişler büyük bir sessizlik içinde Hacıyı dinliyorlardı ki birden boz sıpa anırmaya başladı. Arkadan da Darendelinin eşeği karıştı. Bir curcunadır gitti. Eşeklerle beraber ırgatları da bir gülme aldı. Hacı bunu beklemiyordu. Çileden çıktı. Kızdı köpürdü. Küfretti. Umarsız. Irgatların zemberekleri boşanmıştı bir kere. Hacının gözleri dönmüş, kanı başına sıçramıştı. Ortalıkta dört dönüyordu.

Sıpayı dövmeye başladı. Canı var demiyordu. "Gözün kör olsun Hacı!" O eşeği döverken gülmeler iki kat arttı.

En sonunda Hacı yorgun, bitkin, öfkesini boz sıpadan çıkarmış:

"Allah belanızı versin. Kara Eşe orospusu da gülüyor."

Boynu boğum boğum kıpkırmızıydı.

Kara Ayşe:

"Bak," dedi, "senin haline sıpa da gülüyor."

Hacı:

"Orospu, bu ırgadı sensin baştan çıkartan. Kara domuz. Vaktinden evvel paydosa yatıran."

Kara Ayşe dikeldi:

"Hem de benim. Elcibaşı dediğiyin de saatı olur. Çifte çifte saatı olur."

"Saatı olur."

"Biz vakti saatı ne bilelim. Ne bilelim."

Hacı suçluydu.

Saat lafı edilince arkada duran Darendelinin gözleri ışıldadı. Eli şalvarının cebindeki kocaman saate gitti. Saat belki üç yıldır işlemiyordu. Darendeli üç yıldır okutacak bir enayi arıyordu. Saat, şöyle hızla sallanınca beş dakika kadar işliyor, sonra suyu kesilmiş değirmen gibi duruveriyordu. Cebinde bir iki kez hızla salladı. Çıkarıp önündeki ırgada gösterdi: "Satacak saatımız de bulunur," dedi. "Hem de baba yadigarı."

"Darendelinin satılık saatı var."

"Saatı var."

"Saatı..."

Hacı, Darendelinin yanına usul usul sokuldu. Elini uzattı, saatı aldı. Şöyle bir tarttı. Saat ağırlığına ağırdı. Hacı ağır saatların değerli olduklarını duymuştu. Gözü tuttu. Saat küçük bir kaplumbağa büyüklüğündeydi. Kulağına götürdü, çatır çatır işliyordu. Hacının içinden, "Saata bakmasını köy katibinden bellerim. İki günde bellerim. Meramın elinden ne kurtulur ki..." geçti.

Darendeli saatı hemen elinden kaptı, elini var gücüyle salladı. Geri verdi.

"Motor gibi işliyor. Tut kulağına. İyice tut kulağına. Türkiyeye böyle saat girmiş mi sanırsın. Hay Ağam hay! Şaşarım aklına. Baba yadigarı... Gurbet elde sıkıştık da... Yoksa milyonu koysandı şu tarafa. .. Tövbeler olsun..."

Saata yeniden saldırdı. Olanca gücüyle salladı. "Şuna bakın millet! Böyle saat görülmüş müdür? Motor gibi işliyor. Oliver Kilitrak gibi işliyor. Çatırtısına bakın. Ağırlığına bakın."

Saatı teker teker her ırgadın kulağına dayadı.

Irgatlar:

"Amenna," dediler, "böyle saat görülmüş değil."

"Motor gibi."

"Aynen motor gibi."

"Aynen."

"Çatır çatır."

Darendeli saatı var gücüyle bir daha salladı. Hacıya verdi.

Hacı:

"Eyi saat, hoş saat amma, ceremesi ne?"

Darendeli:

"Motor gibi."

Hacı:

"Ceremesi?"

Darendeli:

"Baba yadigarı."

Hacı:

"Bir atlan bir deve değil ya."

Darendeli:

"Bir boz sıpa da mı etmez?"

Hacı:

"Etmez, sıpa attan da ileri, deveden de."

Kara Ayşe:

"Avradından da ileri. Para iste bu gavurdan."

Saatı Hacının elinden kaptı, salladı:

"Baba yadigarı..."

Hacının kafasında bir şimşek çaktı. Saatı Darendelinin elinden geri aldı.

"Ver elini."

Darendeli elini uzattı, Hacı var gücüyle sıktı.

"Boz sıpa senin, saat benim."

Darendeli:

"Hayrını gör," dedi, saatı kapıp salladı. "Aynen motor gibi. Çifte koş."

Sıpaya atladı, tepenin arkasını bir anda döndü. Gözden yitti.

Hacının içi içine sığmıyordu. Elinde evirip çeviriyor, orasına burasına bakıyor, kulağına tutuyordu.

Sonra: "Görmemişin bir çocuğu olmuş, tutup bacağını ayırmış derler," diye içinden geçti. Utandı. Saatı cebine koydu.

"Öteki saatım bundan iyiydi. O da aynen motor gibi işlerdi. Onu çaldılar," dedi.

Irgatlar:

"Hayırlı olsun. Hayırlı kullan," dediler. "Zamanında paydos verir, zamanında işe başlatırsın," dediler.

Hacı:

"Zamanında," dedi.

Birden, bir yanında bir boşluk duydu. Arandı. Sonra aklına geldi. Boz sıpa gitmişti. Yüreği sızladı. Elini cebine soktu bunun üstüne. "Motor gibi," dedi kendi kendine.

Saatı çıkarıp bakmak için dayanılmaz bir istek duydu. "Görmemişin çocuğu."

Irgatların yanına geldi:

"Benim öteki saatım..." dedi. "Amma bu da iyi... Motor gibi."

Sonra aklına geldi. Ağır ağır saatı cebinden çıkardı baktı. Uzun uzun baktı.

"Haydin çabuk. Vakit çoktan geçmiş. Bir saatı geçmiş. Haydin çabuk."

İyice dinlenmiş ırgatlar:

"İşte saatın bu iyiliği var," dediler. "Eli dert görmesin Darendelinin."

Hacı saatı kulağına götürdü. Kalbi duracakmış gibi oldu. Bütün kanı çekildi. Sapsarı kesildi. Öteki kulağına götürdü. Berikine getirdi. Bir kulağından bir kulağına saat bir zaman mekik dokudu. Hacının elleri yanına düştü.

Hacıda bir başkalık gören ırgatlar, "Noldu Hacı?" diye sordular. Hacı kendini toparladı. Yoksa beş paralık olacaktı. "Hiç," dedi. "Yok bir şey..."

Hacı yerinde duramıyordu. Boyuna dolanıyordu.

Kendi kendine mırıldanıyordu:

"Ama, gümüş kordonu değer bir sıpa."

Sonra kendi kendini kandırmaya çalıştı. "Bana verdiğinde motor gibi çatır çatır işliyordu. Saat görmemiş adamım. Elime alınca bozuverdim. Yazık, günah. Çatır çatır işleyen saatı bozuverdim. Yarından tezi yok kasabaya gider yaptırırım."

O gece gözlerine uyku girmedi. Kendini yedi bitirdi. "Benim gibi adam böyle güzel saatı kullanabilir mi? Ne saattır bu! Heey ne saattır! Elli beygirlik Oliver Kilitrak gibi işliyordu. Elim değer değmez bozuverdim attım."

Saatçı yaşlı, uzun püskül kirpikli sert bir adamdı.

"Dün bir sıpa verdim. At gibi bir sıpa. Aldığımda motor gibi işliyordu. Bozuluverdi elime değince. Bozuverdim güzelim saatı."

Saatçi gözüne aleti taktı. saatı açtı. Dikkatle bakarken birden kapadı, öfkeyle Hacıya döndü:

"Sen benimle alay mı ediyorsun köftehor. Bunun içinde ne alet kalmış, ne bir şey... At gibi sıpa vermiş!"

Hacı ağlamsı:

"At gibi boz sıpamı verdim. Vallaha verdim."

Öteki, saatı masanın üstüne fırlattı:

"Al," dedi, "al! İşim gücüm var benim. Bas!"

Hacı inanmadı. Başka saatçıya götürdü. Öyle sertçe kovulmadıysa da saatın onarılamayacağını öğrendi. Umudunu kesmiş köye dönüyordu ki, gene kendini yemeye başladı: "O Darendeli çocuk bana saatı verdiğinde elli beygirlik Oliver gibi işliyordu. İçinde alet olmasa işler miydi? İşlemezdi. Bu saatçılar yalandırlar. Yalandırlar o namussuzlar. Ben de adam mıyım? Aldım elime gül gibi saati, bozuverdim. Namussuz saatçılar. Ben de ötekine..."

Fotoğrafçı Kör Memed Ali de saatçılık yapardı. Onu unuttuğunu anımsadı. Geri döndü. Kör Memed Aliye geldiğinde kan tere batmış, toz toprağa belenmişti.

Saatı çıkarıp hemen eline uzattı. Memed Ali uzun uzun saatı inceledi.

Hacı:

"At gibi bir sıpa verdim de aldım. Boz sıpayı verdim. Nasıl da işlemez!"

Kör Memed Ali içeri gitti. Saatı bir iyice salladı. Saat çatır çatır işledi.

"Nasıl da işlemez? Daha yepyeni saat."

Hacı, kulağına tutunca sevindi.

"Onun için boz sıpayı verdim. Nasıl da işlemez!"

Kör Memed Ali:

"Halis Serkisof. Taşa çal. Öyle sağlam."

Hacı, Köre bir beşlik toka etti. Gün akşam oluyordu, koşarcasına yola düştü.

Köyün kıyısına gelince saatı çıkardı okşadı. Göğsündeki gümüş kordonu gözünün önüne getirdi. Yakışırdı. Çatlasın hasımlar. Molla Veli çatlardı. Çatlasın deyyus. Hem de elli beygirlik motor gibi işliyor. Şehvetle okşadığı saatı kulağına götürdü. Olduğu yerde kalakaldı. Saat sağ kulaktan sol kulağa bir zaman mekik dokudu. Gene işlemiyordu.

Dişlerinin arasından:

"Ben de adam mıyım. Elime alır almaz bozuyorum."

Köylüler: "Bu Hacı gibi yaman adam var mı? Bir sıpaya bir saat almış. Hem de halis Serkisof."

Hacı:

"Elli beygirlik motor gibi," diyordu. "Bir sıpa değil, on sıpa değer. Başı sıkışmış da fıkaranın gurbet elde baba yadigarını sattı. Yoksa elden çıkarılır mı böyle saatlar? Deli mi millet? Keşki beş on lira daha verseydim oğlana. Yazık oldu."

Köylüler:

"Aldırma," diyorlardı, "Hacı, köye uğrarsa beş on lira daha verirsin. Hem kelepir olmadığı ne malum, halis Serkisof saat bir sıpaya verilir mi?"

Hacı kızıyordu:

"Ne kelepir, ne de bir şey. Halis baba yadigarı. Sıkışmış fıkara."

Saat hep on biri gösteriyordu. Köyün tek saatlısı Hacıydı. İmam ona soruyordu vakti. Irgatlar ona, çiftçiler, namaz kılan dindar köylüler ona...

Her soruluşta Hacı saatı ağır ağır çıkarıyor, önce kulağına götürüp dinliyor. Sonra gözünün önüne indirip uzun uzun bakıyor, ikindiyse üç, vakit akşamsa altı, öğleyse on bir diyordu. On ikiye on var, diyordu. Saatı soranların gözlerinin içine bakarak:

"Ne saat birader, ne saat, ne saat! O Darendelinin anası babası nur içinde yatsın. Halis Serkisof. Bir dakika bile aksamaz. Elli beygirlik motor gibi. Bir köyün bir tek saatı. Şu Darendeliyi bir daha görsem, beş on lira daha vereceğim. Adam sıkışmış da sattı. Günah değil mi?"

Saattan ırgatlar da pek memnundular.

Öğle yaklaşırken:

"Daha on iki olmadı mı?" diye sorarlar.

Hacı, gününe göre, kaplumbağa gibi saatı elinde evirir çevirir, kulağına götürür, sağ eliyle üstünü okşar, "Şu Darendeliye ne dua etsem azdır," diye söylendikten sonra:

"Daha beş dakika var. On dakika var. On beş, yirmi dakika var," diye karşılık verir. Dakikalar dolmadan da düdüğünü çalar.

Bir gün Hacı dalgın bulunarak, ırgatları vaktinden önce işe kaldırdı. Azıcık kestirdiğinden vakti hesaplayamamıştı. O kadar ki, bir saat istirahat yerine, on beş dakikada kaldırmıştı. Bunun üstüne kıyametler koptu. Irgatlar biribirlerine girdiler. İşe kalkmak istemediler.

Hacı bas bas bağırıyordu:

"Ben kimsenin hakkını yemem. Bir dakkasını bile yemem. İşte saat. Öyle bozuk mozuk saat değil. Halis Serkisof..."

Koca saatı elinde tutuyor, kulağına götürüyor:

"Motor gibi de işliyor. On ikiye beş kala geçtiniz istirahate, biri beş geçe düdük çaldım. On dakka da fazladan. Halis Serkisof. Bu saat bir dakka bile aksamaz."

Saatı elinde salladı, kulağına götürdü. Saat işliyordu. Cin çarpmış gibi, şaşkınlığından seslendi:

"Gelin! Gelin! Kulağınıza götürün. Bakın nasıl motor gibi kütür kütür işliyor. Kilitrak motoru gibi."

Ne kadar ırgat varsa, hepsinin kulağına dayadı geçti saatı, dayadı geçti.

"Bir diyeceğiniz var mı?"

Irgatlar:

"Biz ne kadar istirahat ettiğimizi bilmez miyiz? O saat bozuk."

"Bozuk..."

Hacı bunu duyunca zıvanadan çıktı. Bağırdı, küfretti. Tepindi. Hacının böyle bir halini ırgatlar yıllar yılı görmemişlerdi. Şaşırdılar. Delirdi diye korktular. Hacı saatı elinde döndürüyordu: "Söyleyin bu mu bozuk? Halis Serkisof motor gibi işliyor görmediniz mi? Gözünüzün önünde, at gibi boz sıpayı verdim de aldım bunu. Irgatların hakkı yenmesin diye..."

Irgatlar ağızlarını açmadılar. Yalnız, "Kusurumuzu bağışla Hacı," dediler.

Bundan sonradır ki Hacı bir daha hiçbir zaman böyle bir dalgınlığa düşüp saatına bozuk dedirtmedi, istirahat bir saat mi, Hacı bir buçuk saat veriyordu.

Irgatlar:

"Saat mi? Böyle saatı Çukurova ülkesi görmemiştir. Bir dakka bile aksamaz. Eskiden bir saat yerine yarım saat bile istirahat alamıyorduk. Şimdi... Ya şimdi... Saatı satan Darendeli dert görmesin inşallah..."

Hacının koltukları kabarıyor:

"O Darendeliyi görürsem, beş on lira daha vereceğim. Bir sıpaya böyle saat satılır mı? Belli ki çok sıkışmış fıkara..."

Irgatlar:

"Ver Hacı ver," diyorlardı. "Vebal koyma boynunda."

Hacı ölünceye kadar, Serkisof saatın gümüş kordonu göğsünde parladı, ölünceye kadar, her saatı sorana, alçakgönüllülükle vakti söyledi.

Öldüğü zaman yelek cebinde, şalvar cebinde, kuşağının arasında, sandığında, neresi varsa, her bir yerinde saatı aradılar bulamadılar. Saat ortadan sırrolmuştu.

Yeşil Kertenkele

Koy ta içerilere, çamlı ormanın göbeğine kadar ince bir yol gibi giriyordu.

Tanyerinin ışımasına daha epey vardı. İbrahim yatağından çıktı. Anası uyuyordu. Hiç ses çıkarmadan kalktı, yüzünü çam bardaktan aldığı suyla yıkadı. Anasının akşamdan hazırladığı, ekmek tahtasının üstündeki azığı da aldı, yola düştü. Köy ıpıssızdı. Uzak bir evde bir köpek acı acı uluyordu. Öteden, kayalara vuran denizin uğultusu geliyordu.

Köyü çıkınca karşısına dimdik yokuş gelirdi. Yokuşta uykulu uykulu durur gerinir, beklerdi bir süre. Yokuşun dibinde gene durdu. Gene düşüncelerin, bir onulmaz korkunun sıcaklığındaydı. Görmesinler diye, gece bile büzülüyordu.

Köye döndü baktı, her günkü gibi dumansız, sessiz, insansız uyuyordu. Cansızcana.

Az sonra horozlar ötecekti. Horozlar ötünce de köy uyanacaktı. O zaman balıkçı balığına, süngerci süngerine gidecekti. O zamana kadar durmak olmaz. Gün doğuncaya kadar burada tatlı tatlı düşünmek olmaz. Herkes, her gören gözünü üstüne diker de bakar. Kaçmak gerek.

Bazı süngerciler erken uyanır. Bir de Kel Osman vardır. Balığa hep gece çıkar. Bir de Süllü vardır. Seksen, doksan, yüz yaşındadır. Yaşı da belli değil ya, çok çok yaşlıdır. Bazı geceler sabahlara kadar köyün içinde döner durur. Bazı geceler de bekçi vardır. Bazı da kasabadan dönen geç kalmış köylüler vardır. Tetikte olmak gerek. Bunların hiçbirisine gözükmemek gerek.

Yolda bir karaltı gördü müydü alıyor yatırıyordu. Bir gözün üstünde olduğunu duymak, duyguların en beteri. Ölümden de beter.

Her günkü gibi yokuşu hızla çıktı. Yokuşun arkası düzlüktü. Çam ormanıydı bir yanı da. Orman koya kadar iniyordu. Koyun kıyıları yeşil beyazdı. Kumlu, kayalıklı, pırıl pırıl çakıltaşlıydı.

Koyun başladığı yerde, denizle koy arasında uzun, kocaman, ta ötelere ötelere uzanan bir kaya parçası, daha doğrusu bir kayadan dağ vardı. Kayalıklarda nergisler açar. Sarı gözlü. Kayalık, martıdan mahşer gibi. Her zaman kayalığın üstünde bir ak martı bulunur. Salınıp durur. Martıların yumurtalarının tadına doyum olmaz. İbrahim en sarp yerdeki martı yuvasını bilir. Yumurtanın tazesini de bir bakışta bilir.

Geçen yıl eski bir kayık bulmuştu kıyıda. Dalgalar kim bilir nereden getirip atmış. Belki altı ay uğraşmış, bu parça bölük kayığı onarmış, yepyeni yapmıştı. Anası da ona birkaç olta bulmuştu. Kayığını en çok seviyordu.

Yaşlılar neyse ne ya, köyden bir çocuk yüzü görmesin, deliye dönerdi. Kinden, öfkeden dişi dişini yer, kaçacak, saklanacak delik arardı. Eğer denizde, kayığındaysa, onlar oradan ırayıncaya kadar kayığın içine yatar, onlar gözükmez olduktan sonra ancak kalkar, küreklere yapışır, enginlere enginlere var gücüyle giderdi.

Kayalığa bir yuva yapmıştı. Belki de birçok. Üç yıldır bu yuvada kendi elceğiziyle bir sürü martı yavrusu büyütmüş, salıvermişti ak martı bulutuna. Her büyüttüğü martıya bir bel vururdu. Büyüttüğü martıları öteki martılar arasından bir bakışta seçerdi. Martılarını öteki martılardan daha çok, bin kere daha çok severdi. En çok hoşuna giden de martı yavrularını avuçlarının ortasına koymaktı. Bir de onları incitmeden usul usul okşamaya bayılırdı. Yumuşacıktı. Parmakları yağlıca, incecik bir sıcaklığa, okşamaya, ürpertiye gömülürdü. Burnuna deniz kokularının en güzeli, mavinin, deniz yıldızının, yosunun kokusu dolardı.

Yuvanın yanında bir de sukabağından yapılmış bir kafes vardı. Bir çam kütüğünün içine yerleştirmişti sukabağını. Kabağın içine yeşil bir kertenkele koymuştu. Kertenkeleyi küçük böcekler, sineklerle besliyordu. Kertenkelenin gözleri güzeldi. Dertli dertli, kederli, gözü yaşlı bakardı. Garipler, kimsesizler, hor görülmüşler gibi. Bir de kurbağası, gözleri pörtlek pörtlek bir de kurbağası, bir de kaplumbağası vardı. Kaplumbağanın sırtını çam kabuğuyla kırmızıya boyamıştı. Kaplumbağaları çoktu ya... Her birisine bir ad koymuştu kaplumbağaların. Köydeki kadınların, erkeklerin, çocukların adını koymuştu. Sevmediklerini azarlar, sevdiklerini okşardı.

Kayalıklardaki mağarada bir de kırlangıç yuvası vardı. Soğuk günlerde oraya ateş yakar, ısınır, yuvayı seyrederek düşler kurardı. Kırlangıç zamanını her yıl iple çekerdi. Yuvanın onarılması, kırlangıcın yumurtlaması, sonra civcivlerin çıkması, ananın civcivleri beslemesi hep gözünün önünde olurdu. Kırlangıçların yaşayışına katılır giderdi.

Ağır ağır yürüyerek denizin kıyısına geldi. Ayaklarını denizin içine soktu. Daha martılar, kabaktaki yeşil kertenkelesi, yuvasındaki kırlangıç, tüm bir köyün insanı kadar kaplumbağa, gözleri pörtlek kurbağalar, karıncalar, atlı, sarıca, kuru yer karıncaları hep uykudaydı. Denizdeki balıklar da uyuyorlardı.

Birkaç aydır bu köydeydim. Bu süngerci köyüne sünger avcılığına gelmiştim. Artık dönüyordum. Kasabaya gitmek için gün ışımadan çok önce uyanmak, yokuşu çıkmak, uzun kayanın dibine kadar yürüyüp oradan kayığa binerek koyun öteki yanına geçmek gerekti. Karşıda kasabaya gidecek yolcuları götürecek otobüsler beklerdi.

Köyün içinden yürürken bir horoz öttü. Sonra uzun ıslık gibi, bir deniz kuşu sesi duyuldu. Deniz durgundu. Ortada çıt yoktu. Hava da ılıktı. Yokuşu terleyerek çıktım. Yokuştan aşağı, kıyı bir saattan çok çekiyordu.

Her yan mavi bir buğu içindeydi. Çam ağaçları, yandaki kocaman kayalık, kırmızı toprak, otlar, çiçekler, gökyüzündeki ak bulutlar... Her yer, tanyeri, uçuşan kuşlar... Denizin üstündeki ince ak köpük de mavi bir buğudaydı. Bu Ege böyledir. Mavi buğuludur taşı toprağı. Büyüsü de buradadır.

Gecenin içinde, alacakaranlıkta, baktım önümden birisi gidiyor. Ardından yetişmek için hızlandım. Ben hızlanınca, baktım ki o da hızlandı. Uzun, upuzun bir karartı. İpincecik. Tepeden tırnağa buğu içinde.

"Merhaba arkadaş!" diye bağırdım. Ben bağırınca o daha hızlı koşmaya başladı. Huylandım. Merak da ettim. Ben de ardınca koşmaya başladım. Kovaladığımı anlayınca yoldan ayrıldı, çamların arasına karıştı gitti.

"Allah Allah," diye söylendim kendi kendime. "Ne biçim adamları var bu köyün de!"

Yol karışık, gece karanlıkça.

"Ne olursan ol, bana ne! Yabancıyım da... Yol arkadaşlığı yapalım, dedim. Ne kaçarsın benden bre kardaşım? Ha, yolu gösteriver diyecektim."

Deminki çamlara karışan karartı, ben böyle söyleyince hemen karşıma çıkıverdi.

"Kusura kalma Amca," dedi. "Sen de beni hırsız sandın, öyle mi? Ben de seni... İskeleye mi gidiyorsun? Ben de o yana gidiyorum. Beraber gidelim. Ben de seni... Yalancıktan kaçtım. Bakalım bu yabancı adam yolu bulabilecek mi, dedim. Sen de beni hırsız belledin, öyle mi? Bizim köyden bir adam sandım da seni, kaçtım ki, bakalım benim kim olduğumu bilecek mi, diye. Ben seni biliyorum Amca. Ben seni gördüm. Biliyorum seni."

Köy, beş on evlik bir köy. Bir iki ayda köyde tanımadığım kimse kalmadı.

"Sen sünger avlamaya geldin. Ama zamansız geldin. Bekledin bekledin, geri gidiyorsun şimdi de... Fotoğraf makinan da var senin. Öyle değil mi?"

"Var," dedim.

"Köyde herkesin fotoğrafını çektin de... Bebeklerin bile. Benimkini... Benimkini de çeksene."

"Bu karanlıkta çıkmaz ki... Sabah olsun da, seninkini de çekerim."

"Yaa," dedi çocuk, "çok sevinirim. Sabah olur olmaz. Ağacın yanına dururum."

Aramızda epeyi bir sessizlik oldu. Uzun uzun sessiz yürüdük. Ayaklarımızın altında yuvarlanan küçük taşların sesinden başka ses yoktu ortalıkta.

Bir ara durur gibi etti. Birden başladı:

"Sen," dedi, "benim babamı da görmedin. Ama benim babam gibi süngerci, balıkçı yok bu köyde. Hem de hiç kimse yok. O Arap mı, o Arapmış, öyle mi? O denizin altına yirmi beş kulaç bile dalamaz. Sen onun öyle övündüğüne bakma. O herkese övünür. O otuz kulaç dalsın da bir göreyim, ağzından burnundan kan gelir. Günde beş kilo sünger bile toplayamaz. Yorulur o. Onun kocaman boyuna bakma. Kara bıyıklarına bakma. O hiç balık da tutamaz. Balıklar ondan, onun oltasından kaçarlar. Balıklar onu hiç sevmezler. Balıklar derinlerde kuş gibi uçarlar. Yaaaa, ne sandın. O balıkları kimsecikler tutamaz. Ama benim babam... Heeeheeeeey, babam! Benim babamı kimsecikler göremez. Kimsenin yanına gitmez ki... Kimseyi adamdan sayıp da konuşmaz ki... Benim babam yalnız denizi, martıları, bir de uçan balıkları, bir de yeşil kertenkelesini sever. Sabah erkenden, bizim kalktığımız zamandan çok erken kalkar, denize çıkar. Benim babam şimdi denizdedir. Yeşil kertenkelesi de yanında. Kayığının içinde, kabaktan kafesinde. Sonra da denizden gece yarısından önce dönmez."

Durmadan, soluk soluğa, kesmeden, ara vermeden anlatıyordu. Sabırsızlıkla, sanki bitiremeyecekmiş gibi söylüyordu. Bana bir kez olsun ağız açma fırsatı vermiyordu.

Küçücük bir karartı görse, bir çıtırtı olsa irkiliyordu.

"O Arap mı, vay anam vay, o Arap babamın yanına çırak bile olamaz. Boş bulunca övünür. O da mı süngerci, onun süngerciliği batsın. O buradaki denizlerden dışarı çıkamaz. Benim babam, ta güneşin doğduğu yerin denizine gider de orada sünger avlar. Arap kızlarının yanında. Çıplak kızların orada. Babam bir de türkü söyler ki, şen olsun Arabistan, der. Arabistan kızları ne don giyer ne fistan. Babam bu türküyü orada bellemiş. Hep bu türküyü söylermiş oralılar. Babam öyle dedi işte. Vallahi öyle dedi. Sen bu türküyü duydun mu hiç? Duymadın. Kimsecikler de duymaz. Bir tek babam bilir. Denizin altını da bir tek babam bilir. Süngerin yatağını da bir tek babam bilir. Nerenin denizi olursa olsun, babam şöyle bir bakar, heeey uşaklar, der, işte burada, on beş kulaçta sünger var, der. Kimse dalamaz. Arap hiç dalamaz, dudağını sarkıtır. Babam dalar, ne kadar sünger varsa çıkarır. Sonra hep babam dalar. Bir kayık sünger çıkarır ki... O senin gördüğün Arap var ya, vallahi kıskançlığından ölür de, deli olur. Babam bir daha, bir daha, bir daha dalar. Akşamdan sabaha, sabahtan akşama kadar dalar. Kayıkları, ne kadar kayık varsa hepsini doldurur. Yakındaki şehre gönderir, çıkarır gönderir. Ona çok para verirler. Babam o paralarlan iki tane yeni boyalı, kırmızı yeşil boyalı motor alır ki, uçan motor. Köyde kimsenin öyle motoru yok. Babama ağızlarını bile açamazlar. Köyün önünde motorlarını dolaştırır durur, motorlarını babam. Arap da, o Arap var ya, kıskançlığından pat der de çatlar. Köylüler babamla konuşmak için can atarlar. Biz ettik, sen etme Ağa derler. Reis derler. Babam da motoruna biner gider, çeker gider, başını alır da gider. Anasını da alır gider. Büyük bir şehre, İzmire gider. Orada onu, birinci süngerci diye çok severler. Sen o zaman onunla sünger avlar mısın? Sen bir daha beş yıl sonra mı geleceksin? O zaman İzmire gel de babamı gör. Sana denizin dibini gösterir ki, kimse görmemiş. Babam şimdi, tam şimdi denizin ortasındadır. Ne gülüyorsun yahu, atıyor mu sanıyorsun."

"Neden öyle sanayım. Babanı hiç görmedim. Bir buçuk iki ay kaldım da köyde, bir kere görmedim."

"Babam seni çok gördü," dedi zaferle. "Bir gördü ki... Fotoğraf çekerken bile gördü seni. Gün ışıyınca fotoğrafımı alacaksın öyle mi?"

"Alacağım."

"Gelecek gelişinde unutma."

"Unutmam. Gelecek gelişimde, doğru babana gelirim."

"Gel," dedi. "Seni süngere götürür ki..."

Ormandaki kuşlar cıvıldaşmaya, denizin üstündeki martılar görünmeye başladı. Yani ortalık gittikçe aydınlanıyordu. Yarı aydınlıkta çocuğun görünen yüzü kuru, inceydi. Yanmış kavrulmuş görünüyordu. On birinde, çok çok on ikisinde gösteriyordu ya, boyu upuzundu. Eski pantolonu dizine kadar lime limeydi. Dizinden aşağı yırtıklar sarkıyordu. Göğsü boydan boya açıktı. Yenleri de yırtıktı.

"Bir götürür ki, sen öyle iyi adam görmemişsindir. Şimdi o denizin ortasında. Bir balık tutar ki, çok tutar. Balıklar kayığının yanına birikirler. Babam o kayıkları satacak, bir kırmızı kocaman motor alacak, İzmire gidecek. İzmirde kendisine bir beyaz şapka alacak. Bir de beyaz pantolon, bir de beyaz gömlek alacak. Bir de vapur kadar büyük bir motor daha alacak, Arabistana süngere gidecek. Bir daha, bir daha alacak. Motorları arka arkaya takacak, köye gelecek, köyün önünden geçecek. Köylülerin parmağı ağzında kalacak, bunlar kimin acaba, diyecekler. Babamın olduğunu bilince de, kıskançlıktan karınları yırtılacak. Hele Arabın karnı iyice yırtılacak. Lokantada da yemek yiyecek. Bir de yeşil cüzdanı olacak. Bıyıklarını da uzatacak. Kara, uzun bıyıkları bir uzayacak ki, yanında Arabın bıyıkları vız kalır. Babam sonra evlene..."

Birden durdu, yüzüme baktı. Ben de durdum.

"Belki anamı boşar," dedi. "Anam köylü kızı. Şehir huyunu bilmez ki... Şehir kızı alacak, mavi gözlü. Dalgıç Hüseyinin karısı gibi. Ben bilmem, babam işte böyle söyledi."

"Denizin dibinde pinalar, deniz yıldızları ki görmelisin. Yengeçler, istiridyeler, görmeyen bilmez. Denizin dibinde deniz aygırı ki... Denizin dibinde yollar da var. Babam dedi ki, gece olunca deniz aygırları böyle küçücük değil, kocaman olurlar. Atların iki misli olurlar da denizin üstünden uzak yerlere, Arabistana kadar koşarlar. Babam öyle dedi. Donları da ak olur, dedi. Babam ak deniz aygırlarının bin tanesini, iki bin tanesini bir sabah erkenden denizin üstünden koşarlarken görmüş. Babam o aygırlardan tutacak bir gece, güneşe göstermeden bir ahıra saklayacak, gece biz de binip gezeceğiz. Ben bilmem ki, babam öyle dedi. Güneşi görünce gene küçülmesinler diye fıkaracıklar. Vallahi öyle."

"Babam deniz altı yollarını hep bilir. Babam der ki, deniz dibinin de kışı yazı var. Deniz dibinin baharı yaz, kışı da güzdür. Arap sana öyle demedi mi? Babam da bana böyle der işte. Babam bilir hep bunları. O Arap mı, o Arap hep vız bilir bunları. Aygırları da bilmez. Babamın martıları var. Babam onları büyüttü de salıverdi. Arabın martıları da yok. Sen babamı görseydin... Bir görseydin. Mağarası var babamın. Kırlangıçları var mağarasında. Ta Yemenden gelir. Kırlangıçlar babamı görünce, sevinçlerinden deli olurlar. İlk geldikleri gün, hiçbir şeye bakmadan dört yanında sabahtan akşama kadar vıcır vıcır dönerler. Yaa, babamın her bir şeyi var ya, köye küsmüş, köylünün yüzüne bakmayacak. Bir yolunu bulur bulmaz büyük şehre, İzmire gidecek babam. Babam insanlarla konuşmayı çok sever. Gördüm. Bir konuşur ki bayılır sevincinden. Sen köye gelmediğine bakma. Bir tanış, seninle bir çok konuşur ki... Yaaaa..."

"Deniz dibinin de kışı var yazı var. Deniz dibinin baharı yazdır. Kışı da güz olur. Babam öyle söyler. Deniz dibine bir bahar iner ki... Görmelisin. Türlü çiçekler, türlü otlar, görmelisin. Babam der ki, lapa adındaki, ak bulut gibi savrulan çiçek açılır denizin altında. Babam bu ak çiçeği çok sever. Palavan otları deniz dibinde kavak boyu uzar gider. Üzümleri de yenirmiş deniz altının. Babam öyle der ama, ben yemedim. Benim adım İbrahim. Badem otları da deniz dibinde badem çiçekleri gibi bir açarlar ki, babam bana gösterdi. Sonradan o badem çiçekleri kararırlar, kapkara çiçek olurlar. Arap onları görmedi. Ahtapotlar olur. Büyüğünü babam görür. Nakışlısını babam görür. Bir kolu yeşil, biri kırmızı, biri de turuncu, birisi de ak, birisi de sarı, yalım sarısı dedi babam. Denizin altı yanar söner. Yosun kaplar her bir yeri. Yosundan denizin kumları gözükmez. Babam, yosunların altında sünger olduğunu nasıl bilir? Kırmızı kırmızı, kırmızı yalım gibi şeritler geçer yosunun yeşili üstünden. Gördüm mü kırmızı yalım şeridini, bilirim ki onun altında sünger var. Babam varır hemen bulur. Kışa doğru deniz dibinin otları solar, çınarları yapraklarını döker. Sararır. Denizin dibi açılır. Kumu, süngeri ortalığa çıkar, bir görünür ki... Kışın bir tek benim babam girer denizin altına. Ötekiler, Arap mı, Arap vız! Üşürler be onlar. Vallahi donarlar. Sen o kara bıyığına bakma Arabın. Titrer o! Benim babam, denizin altında gezer de hiçbir şey olmaz. O soğukta terler bile. Babam denizin altına girince, denizin altı sıcacık olur ki... Bunu yalnız babam bilir. Kimsecikler bilmez ki... O Arap mı? O hiç bilmez. Kara, uzun bıyığına bakma onun. Övünür o. Babam denizin altına girince kocaman balıklar ondan korkmazlar. Ondan hiç de kaçmazlar. Tüm balıklar, türlü türlü, nakış nakış, pul pul olmuş balıklar toplanır yanına gelirler. Babam nereye, ne yana giderse gitsin denizin altında, buradan oraya kadar balık sürüleri... Babam balıkların en güzelini, elini uzatır alır, uzatır alır, sepetini, kayığını doldurur. Çok kolay. Sonra onları satar. Kimse öyle balık tutamaz ki... Onun kadar para kazansın... Yaaaa..."

"Bir gün babam bana dedi ki, İbrahim oğlum, dedi. Yavrum, yiğidim, aslanım, kara gözlüm, yavrucuğum, dedi. Sonra da beni koltuğumun altından tuttu kaldırdı, öptü. Yavrucuğum, dedi, yavrucuğum İbrahim. Saçlarımı da okşadı. Sesi tatlı, tatlı, tatlıydı. Gel seninle... dedi. Bir yaz gecesiydi. Gel seninle yavrucuğum, yavrucuğum İbrahim, gidelim de evimize dalgıç formalarımızı giyelim, girelim denizin altına. Bak sana neler göstereceğim. Ahmet Usta oğluna böylesini hiç gösteremez. Girelim de denizin altına, yatalım oraya ağzı yukarı, gökyüzünü, yıldızlarını, oradaki kocaman bulutları seyredelim, yavrucuğum İbrahim!"

"Girdik denizin altına. Deniz altın gibi çalkalandı üstümüzde. Yıldızlar çalkalandı. Gökyüzü altın gibi, altın martı kanadı gibi, yandı söndü üstümüzde. Ahmet Usta da görmüş altın martı kanadını. Ben de gördüm ya. Yıldızlar fır döndüler, döndüler, döndüler üstümüzde. Ahmet Ustanın oğlu işte bunu görememiş. Dersin ki, üstümüzde denizi yakmışlar dersin. İşte öyle... Yıldızlar öyle görünür denizin altından... Ahmet Usta... Babam, haydi çıkalım İbrahimim, yavrucuğum, yavru, yavru, yavrucuğum, dedi."

Gün doğdu. İbrahim boyuna konuşuyordu. Cezbeye tutulmuşçasına. Yüzü kızarmış, terlemişti. Mutlu mutlu da gülümsüyordu. Sevinç içindeydi. Bana da sevgiyle bakıyor, süzüyor şöyle bir, sonra gene konuşuyordu.

"... Yavrucuğum İbrahim, yavrum, gel buraya, dedi. Ben de, gelirim baba, dedim. İşte buna, yavrucuğum İbrahim, işte buna zehirli balık, işte buna da, şu mavi çizgilisine de elektrik balığı derler. Yavrucuğum!.. Yavrucuğum, yavrum, gel buraya da bak!.."

Arkadan bir kalabalığın sesi geldi. Birden İbrahim, sesini bıçakla kesilmişçesine kirp diye kesti. Yüzü de sapsarı oldu. Gözleri büyüdü. Dudakları titredi. Ürkek ürkek birkaç kez ardına döndü baktı. Adamların başı gözükünce de yandaki çalıların arasına kayıverip gözden yitti.

Az sonra bana yetişen adamlardan birisi:

"İbrahim miydi o yanındaki, amma da kaynatıyordunuz ha! Ne söylüyordu sana öyle?"

“İbrahimdi,” dedim.

“Acayip,” dedi.

Ben sustum. Kayık kıyıya yanaşmıştı. Bindik.

Adam, boyuna:

“Vallahi acayip,” diyordu. “Ben de onu kimseyle konuşmaz bilirdim. Sesini, seninle konuştuğunu duyunca iyice şaşırdım. Vay ocağın bata oğlan vay! Suç da bizim ya... Vay ocağın bata oğlan vay! Bu da ne iş! Herkes çocuğuna söyleseydi. Anası, buraya gelen ırgatlardan aldı bunu, biliyor musun?”

“Biliyorum,” dedim.

“Babası bellisiz.”

“Biliyorum,” dedim.

“Çocuklar her gün bağrışırlardı, hey babasız babasız, baban nerde babasız? Heeey babasız.

“Biliyorum,” dedim.

Yolda

Dizginleri arabanın dayamasına tıktı. Şalvarının geniş peşini önüne doğru yayıp cebindeki paraların tümünü üstüne boşalttı.

Başları önlerine sarkmış uyuklayan beygirler ağır ağır yürüyorlardı. Ayaklarını yolun tozları içinde sürüklüyorlardı. Beygirler, araba, arabacı baştan ayağa toza batmışlardı. Tozdan arabanın, beygirlerin rengi belli olmuyordu. Arabacının da, tozdan, yalnız gözleri, dişleri ışıldıyordu.

"Altı çuval," dedi kendi kendine. "Altı çuval ikişer liradan ne eder? On iki..."

Şalvarının peşindeki paraları birkaç kez saydı.

"Tam dokuz lira," dedi. "Ya üç lirası?" Sonra da, "Şerbeti, buzu, ekmeği," dedi. "Ama bu kadar gitmez. Gitmezse gitmez," diyerek kızdı. Paraları cebine doldurdu. Öteki cebinden tabakasını çıkararak ağır ağır bir cıgara sardı. Kibrite bakmadan çaktı, gene hiç bakmadan cıgarayı tuttu, iştahla somurdu.

Yolun kıyısındaki pamuk fidanlarının üstünü de toz bağlamıştı. Fidanlar kavrulmuş gibi görünüyordu. İçinden, "Ah bir yağmur yağsa," diye geçti. "Fıkara fidanlar boyunlarını bükmüşler."

Şimdi yolun iki yanı da biçilmiş ekin tarlalarıydı. Firezler de toza batmıştı. Yol kıyısının firezleri bol gün ışığında donuk donuk parlıyordu.

Sağ yanda bir ayçiçeği tarlası vardı. Tarlanın hizasına geldi araba. Ayçiçekleri hep birlikte başlarını gün doğusuna çevirmişlerdi. Güneş adamakıllı kızmıştı. Yel denilebilecek bir fısıltı bile yoktu. Çok ağır gitmelerine karşın, bu yüzden beygirler kan ter içinde kalmışlardı.

Ayçiçeği tarlalarından sonraki tarlalara mısır ekilmişti. Mısırlar koyu yeşil uzamışlar. Püskülleri mor mor sarkıyor. Sıcağın altında erimiş bir taze ot kokusu... Bataklık kokusunu andırıyor.

Beygirler, arkalarında araba yokmuş gibi, yol kenarındaki yeşil mısırlara uzanıp koparıyorlar. Bir an durup sonra yeniden kendiliklerinden yürümeye başlıyorlardı.

Arabacı, arada bir, çok seyrek, dizginleri çekip:

"Deh! yavrum," diyor.

Öğleye doğru sıcak daha beter kızdırdı. Arabacı da beygirler gibi ter içinde kaldı. Tozlu yüzünden çizgi çizgi yol açarak terler aşağılara doğru sızıyor.

Araba birden durunca arabacı başını kaldırdı, yola baktı.

"Deeeh!" dedi.

Beygirlerin önünden yürüyen yüzü gözü sarılı kadın, yolun ortasından kıyısına saptı. Araba yeniden hareket etti. Kadının ayakları yalındı. Yolun tozları da fırın gibi kızgındı. Ayaklarının yandığı, kadının yürüyüşünden belli oluyordu.

Arabacı, yolun ortasından saparak, kıyıda duran kadına bir işaret etti. Kadın geldi, arkadan arabaya bindi. Arabacının arka tarafına oturdu.

"Deeh! yavrum," dedi arabacı bir daha.

Atlar aldırmadılar. Gene öyle ölgün ölgün yürüdüler.

Yolun yakınındaki tarlaların ortasında tek bir dut ağacı vardı.

Beygirler kendiliklerinden yoldan çıktılar. Vardılar, dut ağacının gölgesinde durdular. Dut ağacı da tepeden tırnağa toza batmıştı. Çatır çatır eden kavurucu güneşte gölgesi daha koyu, karanlık denebilecek kadar koyu gözüküyordu.

Beygirler durunca arabacı da belini dayadığı arabanın yan tahtalarından ayrıldı. Doğruldu. Kadına ilk olarak bir göz attı. Kadının hiçbir yeri, gözleri bile gözükmüyordu. Öylesine sarmıştı her bir yerini.

Arabacı, arabanın yemliğinden bir çıkın aldı açtı. Çıkında helva vardı. Bir tane de beyaz ekmek vardı.

"Gelsene bacı," dedi.

Kadın, baş işaretiyle "hayır" yaptı. Arabacı ağır ağır helvayı, ekmeği yedi bitirdi. Sonra gene yemlikten kahverengi bir kağıt torba çıkardı. Torbayı açınca içindeki şeftalilerin ezilmiş olduğunu gördü. Şeftalilerin içinden az ezilmiş iki tanesini seçip yönü arkaya dönük kadının önüne koydu. Kadın, hiçbir şey söylemeden şeftalileri aldı. Bir eliyle yüzündeki yazmayı tuttu. Yemeye başladı.

Arabacı mıncık mıncık olmuş şeftalileri de yiyip bitirdikten sonra gözlerini yumdu. Arkasını yeniden arabanın yan tahtasına dayadı. Öylece kalakaldı.

Gözlerini açtığı zaman, beygirlerin üstünden dutun gölgesi doğuya doğru kaymış, beygirleri güneşte kalmıştı.

"Deeeeeeeh! Oğullarım," dedi.

Araba ağır ağır yola düzüldü. Bu arada arkaya da bir göz atmaktan kendini alamadı. Kadını, arkası dönük, kıpırdamadan, gene öylece durur gördü.

Araba yola düştüğünde, arabacı ilk olarak beygirlere kırbaç salladı.

"Deeeeh! Oğullarım deeeh!"

Araba azıcık hızlandı. Arkasından azıcık da toz kalktı. Sonra gene yavaşladı.

Arabacı gene şalvarın büyük tozlu peşini önüne yaydı. Cebinden paraları çıkardı, gene koydu. Saymaya başladı. Derin sessizlik içinde paraların şakırtısı epey gürültülü oluyordu. Sayıp bitirdikten sonra yeniden cebine doldurdu. Atlara da hafiften bir kırbaç salladı. Sonra arkasında duran kadına döndü:

"Böyle nereden gelip nereye gidiyorsun bacı?" diye sordu.

Kadın, duyulur duyulmaz bir sesle:

"Kasabadan," dedi.

Ova, bol güneş altında bazı yerleri sürülmüş, bazı yerleri yemyeşil, bazı yerleri altın sarısına kesmiş, bazı yerleri de toz içinde, uçsuz bucaksız uzanıyordu. Ovayı bembeyaz bir şerit gibi diz boyu tozuyla kesen yol, ölgün ölgün ilerleyen araba... Yalnızca bunlar görünüyor. Güneş de alabildiğine çökmüş.

"Hangi köye böyle?"

"Kırmıtlıya."

Arabacı:

"Ben de," dedi. "Hemiteden olurum."

Kadın:

"Sizin köy," dedi, "bizim köyden iki köy ötede değil mi?"

Arabacı:

"İki köy," dedi.

Sonra gene sustular.

Arabacı:

"Ne diye gitmiştin kasabaya?" dedi.

Kadın sustu, karşılık vermedi. Arabacı buna şaşırdı.

"Ne diye gitmiştin?" diye yineledi.

Kadın, yine yanıt vermedi.

Arabacıya iyice merak oldu bu. Kızgınlığından bir zaman sustu. Ama içine dert olmuştu.

Gene yineledi.

"Söylenmeyecek bir iş mi bacı?"

Kadın:

"Yok bre kardaşım," dedi, "ne diye söylenmesin?"

Arabacı küçücük, kısacık boylu, zayıf, ama sırım gibi, ince boynunun damarları dışarı fırlamış, çok kalın kara kaşlı biriydi. Kara bir şalvar, ot ipekten sarı bir mintan giymişti. Kasketi yeniydi. Sağ yanına eğmişti.

Kadın, sesi bir hoş olarak:

"Benim körolası, beni boşadı da... Gittim hökümetten kağıdımı aldım."

Arabacı:

"Demek böyle ha?" dedi.

Uzakta, Akdenizin üstündeki yelken bulutları yukarıya doğru sütbeyaz yükseliyorlardı. Arkalarından, usuldan garbi yeli esip azıcık toz kaldırdı. Sonra geçti gitti.

Arabacı:

"Sen," dedi, "böyle sıcaktan öldün. Şu yüzündekileri çıkarsana. Kim görecek seni bu ıpıssız ovanın yüzünde? Haydi çıkarıver."

Kadın, yüzündeki yazmayı çekti çıkardı. Yönünü de arabacıdan tarafa döndü. İri, kara gözlüydü. Yüzü kıpkırmızı, ateşe kesmişti. Alı al, moru mordu. Kalın dudaklıydı. Geniş yüzüne göre çene çok incecikti. Sivriydi. Yani güzel bir kadındı, kadın. Bilekleri kalın, kalçaları dolgundu. Uzun boynunda boncuk boncuk tozlu ter birikmişti.

Arabacı sık sık kadına bakıyor, sonra dönüp gözlerini yumuyordu.

"Deeeeh!"

Bir ara gene döndü. Kadına uzun uzun baktı. Kadın bu bakıştan huylandı. Gözlerini yere indirdi.

Arabacı:

"Senin adın ne?" dedi.

Kadın:

"Dal Emine," dedi.

Arabacı:

"Dal Emine," dedi, "şu senin kocan," dedi. "Akılsızın biriymiş."

"Akılsızın biridir o gözleri körolası," dedi Emine. "Akılsızın biri..."

Garbi yeli iyice çıkmış, yolda ne kadar toz varsa savuruyordu. Beygirler, araba, her şey toz içinde kalıyordu.

Karasuya gelince, arabacı atların başını çekti. Atlar kendiliklerinden durdular. Karasuyun köprüsünün üst başı sık kamışlıktı. Kamışlığın içinden geçen yol Karalı köyüne giderdi. Ama yol o kadar az işlemişti ki, daha ham toprak duruyordu. Yolda da küçük küçük kamışlar bitmişti. Arabacı bu yoldan atları kamışlığın içine doğru kırbaçladı. Beygirler şaha kalkarcasına kamışlığın içine atıldılar. Araba sarsıldı. Kadın düşecekmiş gibi arkaya kaydı. Büyücek bir kamış kümesine takılan araba daha ilerleyemedi. Kamışlar dört bir yanlarını duvar gibi kuşatmıştı. Arabacının soluğu taşıyordu.

"Burada," dedi, "beygirler azıcık dinlensinler. Ondan sonra yola düşeriz."

Kadının yüzüne baktı. Kadın oralı bile değildi.

"Beygirler dinlenir dinlenmez..."

Kadın gene hiçbir şey söylemedi.

Arabacı durdu, yutkundu, kıvrandı:

"O senin kocan, diyebildi sonra, "ahmağın biriymiş. Yani, o adam olsaymış..."

Kadın:

"Sümsüğün biridir o bre kardaşım," dedi. "El için çalışır, el sözüne uyar."

Arabacı, bunun üstüne birkaç kez arabanın çevresinde döndü. Eline bir kamış aldı. Çatır çatır kırdı kamışı... Kamışı kırıp yere attıktan sonra geldi, birden, şimşek gibi kadının bileğinden yakaladı.

Kadın:

"Ne o bre ulan?" dedi. "Ne o?"

Arabacı, kadının gözlerinin içine bakarak:

"Etme!" dedi.

Kadın bileğini hızla silkti elinden aldı. Arabadan atlayıp yola doğru yürümeye başladı. Arabacı koşarak arkasından tuttu, beline sarıldı.

Kadın arkaya döndü:

"Deli mi ne? Herif deli mi ne?" dedi, sıyrılıp gene yürüdü.

Arabacı arkasından:

"Hiç kimsem yok benim," dedi. "Ne anam, ne babam, ne avradım. Bu at, bu araba da benim. Üç büyük parça da tarlam var köyde."

Kadın durdu. Arabacı yetişip bileklerinden yeniden tuttu. Sıkı sıkıya tuttu. Hırstan başı dönüyordu. Kamışlar, dünya fır dönüyordu çevresinde.

Kadın:

"Sahi mi?" dedi.

Arabacı:

"Bu atlar da benim. İneklerim de var."

Kadın:

"Hiç mi kimsen yok?" dedi.

"Hiç kimseciğim yok. Hiç hiç yok. Hiç, hiç..."

Kadını kamışlığın kuytuluğuna doğru sürükledi.

Kamışlıktan yola çıktıklarında garbi yeli azıtmış, olanca hızıyla esiyor, yolda toz komayıp kaldırıyordu.

Arabacı neşeyle beygirleri kırbaçladı. Ölgün beygirler canlandılar. Araba kocaman bir toz bulutu içinde gürültüyle ilerledi.

Arabacı, Kırmıtlı köyünün içinde, uçarcasına koşan beygirlerinin başını çekti. Araba olduğu yerde zınk dedi kaldı. Arkaya döndü, toz içinde kalmış kadına baktı. Kadınla göz göze geldiler. Kadın inmek için hiçbir davranışta bulunmadı. Yerinden bile kıpırdamadı.

Arabacı:

"Emine, burası sizin köy, dedi.

Emine:

"Yaa, bizim köy, dedi.

Arabacı, atlara yeniden çaldı kırbacı.

Araba, düz ovada, bir toz bulutu halinde Hemite köyüne doğru yuvarlanıyordu.

Kalemler

Şehirlerin en önemli yerlerinden birisi de çöplükleridir. Çöplüklerin şehirler için gerekli değil, bu kadar önemli olduğu hiç aklınıza geldi mi? Bir büyük şehir çöplüğünü görünceye kadar bunu ben de bilmiyordum. Bir çöplük, bence bir şehir demektir.

İstanbul güzel şehir, alımlı şehir, İstanbulun bir havasına, tadına giren bir daha onun havasından, tadından çıkamaz. İstanbulun boy boy, renk renk resimleri yapılmıştır yıllar boyu. Fotoğrafları çekilmiştir. Üstüne şiirler yazılmıştır. Ben size söylüyorum ki, bunların birçoğunu gördüm, okudum, hiçbir şey, hiç kimse İstanbulu çöplükleri kadar anlatamadı bana. Kirli mi İstanbul, çöplüğü kokar, leş gibidir. Kokusu burnunun direğini kırar. İstanbul daha mı temiz, kokusu daha az gelir. İstanbul mis kokulu mu, kokusu mis gibi kokar çöplüklerinin. Çöplük de mis gibi kokar mı, diyeceksiniz. Kokar, bana inanın... Neden böylesine yakından bilirim çöplükleri? Kendimi savunmam gerek... Ben çöplük uzmanı değilim. Nedenini söyleyeyim de içinizde bana karşı bir şey kalmasın... Bir, ben martıları çok severim... Sever miyim? Yok yok, daha çok merak ederim onların yaşamlarını. Giderim, saatlarca onları seyrederim. Bir deniz üstünde, bir kayalıkta, bir çöplükte. Martılar geçimsiz, dövüşçü, Allahın belası, tuttuğunu koparır yaratıklardır. Burada martıların yaşamının ince ayırımlarına kadar girmek gereksiz. Bir gün size martılar üstüne, bu açgözlü, bu yırtıcı, bu tuttuğunu koparır yaratıklar üstüne uzun, ilginç yazılar yazabileceğim. Martıların yaşam kavgaları en çok çöplüklerde olur. İlk ilgim çöplüklere martılardan dolayıdır. Çöplüklere ikinci ilgim de bizim komşu Rüstem Çavuştan dolayıdır. Rüstem Çavuş koskocaman pos bıyıklı, gözlerinin içi gülen, canlı, şakacı, yaşam dolu, sevgi dolu, Sivasın Zara ilçesinden bir kişidir. On yıldır da İstanbulda çöpçüdür. Çöpçü çavuşluğuna bundan dört yıl önce yükselmiştir. Çöpçü çavuşu olduktan sonradır ki, bizim evin yanındaki arsayı aldı, önce arsaya üç tane kavak dikti. Sonra arsanın dört bir yanını çitle çevirdi, baharda bir baktık ki, tüm çit boyunca hanımelleri açmış, mahalleyi bir hanımeli kokusu sardı. Ne zaman oldu bu iş, evi ne zaman arsanın içine kondurdu, ne mahalleli farkına vardı, ne ben, belki ne de kendisi... Orada, hanımelli çitin içinde açık yeşile boyanmış, büyücek üç pencereli bir göz ev belki bin yıldır orada pırıl pırıl duruyordu. Karısını tanıdık az sonra, kısa boylu, geniş kalçalı, çekik büyük gözlü, yirmi beşinde gösteren bir tazeydi. Sabahtan akşama kadar evin camlarını siliyor, tahtalarını ovuyor, bahçenin toprağını belliyor, bir an boş durmuyordu. Tüm mahallede en temiz ev, şu zengin villalarının içine sıkışmış en güzel ev, en temiz ev, gıcır gıcır ev Rüstem Çavuşun eviydi. Karı kocayı bazan avlu kapısında durmuş, bir ressamın eserini seyrettiği gibi öylesine hayran, müthiş tatlı bir yüzle evlerini seyrederken görüyordum. Böyle yakalandıklarını anladıklarında yüzleri kızararak, bir suç üstünde yakalanmış çocuk ürkekliği, utangaçlığıyla evlerine kaçıyorlardı. Onları böyle sık sık yakalıyordum. Sonunda hep bir olup bu güzelim küçük evi saatlarca doyamadan birlikte seyreder olduk. Bahar geldi, evin küçük bahçesinde türlü türlü çiçekler açtı... Evin pencereleri renk renk sakız sardunyaları, fesleğenle donandı. Rüstem Çavuşun evi pırıl pırıl. İç açıcı, göreni mutlu kılan, büyük usta bir ressamın elinden çıkmış bir resimdi sanki.

İki de çocukları vardı. Birisi kız, ötekisi oğlan. Oğlan topaç gibi, kütür kütür, sabahtan akşamlara kadar arı ardında dolaşan cin gibi bir çocuktu. Bir an olsun yerinde duramıyor, kıvıl kıvıl, mahallenin her yerinde kaynıyordu. Bu her an tozla toprakla cebelleşen çocuğun üstü başı da, aynı evleri gibi, tertemiz, sakız gibiydi. Kızları daha büyücek, durgun, hiç konuşmaz, hep ince ince gülümser, utangaç, tatlı, kederli yüzlü bir kız... İncecik çenesi, kalın dudakları daha şimdiden onu büyük biri gibi gösteriyordu. Tavırları da öyleydi. Tüm aile, evleri, çocukları, çiçekleri, karı koca, fışkıran bir sevgi, sonsuz bir mutluluk içindeydiler. Bu kapıdan geçen herkes bu büyük mutluluğun farkına hemen varır, içi sevgiyle dolardı. Yerler, evler, insanlar vardır. Şöyle bir bakarsan mutlulukla dolarsın.

Dört yıllık komşuluğumuzda ne zaman sıkılsam, ne zaman karanlığa düşüp dünyayı lanetlesem, çıkardım dışarı, küçük eve bakar üstümdeki kötülükleri atıverirdim. Pos bıyıklı, yakışıklı adam çöpçü üniforması içinde her akşam eve gelir, bazan coştuğunda bağlamasını eline alır çok inceden, duyulur duyulmaz, hiçbir yerde duyamadığım, bundan sonra da ölünceye kadar duyamayacağım türküler söylerdi. Ne söylerdi bu türkülerde? Mutluluk mu, bir keder mi, bir olay mı, bir türlü anlayamazdım. Bazı onu yakalamak, yan yana türküsünü dinlemek, ne dediğini duymak isterdim. Ben eve girer girmez, hemen o ayağa kalkar, yer gösterir, sazını da alelacele yandaki sandığın arkasına atıverirdi. Birkaç kez çalmasını istedim, anladım ki ölse de benim yanımda çalmayacak, vazgeçtim. Daha, daha merak ediyorum, bu türkülerde o kadar güzel hangi sözleri söylerdi Rüstem Çavuş?

Rüstem Çavuş beni severdi. Çalışma yerini görmek istedim. Kırmadı, üstelik de sevindi. İşte arada sırada bu yüzden oraya gittim. Burası şehrin dışı, tuğla ocaklarının bulunduğu bir yerde. Şehrin çöplerini buraya döküyorlar, Rüstem Çavuş da bunun başında duruyordu. Bazı günlerde çöpleri yakıyorlardı ve ben yanık çöp kadar pis kokan hiçbir şeye rastlamadım şu darıdünyada.

İşte bir çöplüğün bir şehrin bütünüyle karakterini taşıdığını Rüstem Çavuş arkadaşımla bile gittiğimde bu çöplüklerde gördüm.

Çöplükler bu şehirdir ve çöplerin içinden bir şehrin tüm eşyası çıkabilir. Kol saatları, masa saatları, cep saatları, hem de yepyeni. Yüzükler, bilezikler, kolyeler, hem de altın, hem de elmas... Kalemler, dolmakalemler, tükenmez kalemler. Makaslar, iplik yumakları, makaralar, gözlükler, paralar. Bir şehirde ne varsa bir şehrin çöplüğünde de o vardır. Çöplükten çıkanları, değerli olsun değersiz olsun, çöpçüler aralarında kardeşçesine pay ederlerdi. Yalnız bir şeyi paylaşmazlardı, o da kalemleri... Çöplerin arasından çıkan kalemleri bulanlar, sevinçle, bir altın, bir elmas yüzük bulmuşçasına bağırırlardı:

"Rüstem Çavuş... Bir kalem daha... Amma da gözeldir ha... Hiç açılmamış. Rengi de kirmizidir ha..."

"Rüstem Çavuş... Bir kalem daha... Yeşildir kim ne gözel yeşildir... Dolma da kalemdir..."

"Rüstem Çavuuuuş... Bir kalem ki, yüz lira eder... Daha kutusunun içindedir."

Rüstem Çavuşun yanında büyük bir testi suyu vardı, kendisine getirilen kalemleri evirir çevirir, bakar, sonra da sabunlu suyla kalemi bir iyice yıkardı.

Rüstem Çavuş kalemleri de paylaşalım diye çok ısrar etmiş, ama çöpçü arkadaşlarına kabul ettirememişti. Onun çocukları vardı ve çocukları okuyorlardı. Bey, hanım olacaklardı. Yüz yıl da, yüz yılın her günü de buradan yüzlerce, binlerce kalem çıksa kalemlerin hepsi Rüstem Çavuşun çocuklarının olacaktı.

Gerçekten, çöpçüler kalemleri Rüstem Çavuşa verdiklerinden dolayı büyük bir mutluluk, büyük bir sevinç duyuyorlardı. Her kalem bulan ona büyük bir zafer, iyi iş yapmışların güveni içinde getiriyordu. Her biri okuyan, büyük, iyi, bilgili adam olacak, çöpçü olmayacak çocuklara yardımın mutluluğundaydı. Bu onların gözlerinden apaçık okunuyordu. Rüstem Çavuşun onların bu mutluluğunun, sevincinin önüne geçmeye hakkı yoktu. Ve çocukların da en büyük oyuncakları kalemdi. Her akşam renk renk bir sürü kalemle geliyordu. Kalemler üstüne, bugün ne kadar çıkacak diye, ana oğul ve kız bahse tutuşuyorlardı. Her zaman da kızın dediği ya çıkıyor, ya da sayıya en çok onunki yaklaşıyordu.

Kız bu yıl ilkokulun beşinci sınıfındaydı... Kızın için için övündüğü, hiç kimseye söylemediği, hiçbir zaman da söylemeyeceği bir güvenci vardı arkasında. Bu çocukların her bir şeyleri vardı. Cicili giyitleri, güzel çantaları, her gün gelip onları okul kapısından alan otomobilleri vardı... Vardı ama, hiç kimsenin, babalarının kalem dükkanlarında bile, hiç kimsenin bu kadar çok kalemi yoktu. Kalemleriyle için için öylesine övünüyordu ki... Kalemlerini düşündükçe gizli bir sevinçle gözleri ışıl ışıl yanıyor, pespembe yanakları parlıyordu. Ama kimse bilmiyordu ki, onun o kadar çok kalemi olduğunu... Bu içinde büyük bir dertti. Okula kalemlerini alıp getiremiyordu ki... Bir getirebilse, herkesin, herkeslerin parmakları ağızlarının içinde kalacaktı. Bin tane renkli kalemi vardı. Kırmızısı, beyazı, karası, mavisi, turuncusu... Bir araya getirince kalemlerini, bir renk harmanı oluyordu. Gerçekten bir kalem harmanına benziyordu, ışıklı... Kalemleri okula getirecek, getirecekti ama, ya sorarlarsa bu kalemleri nereden aldın diye. Ne diyecekti, ne diyebilirdi. O kadar çocuğun arasında Çöpçübaşı babam çöplerin arasından topladı bu kadar kalemi diyemezdi ki... Ölse de, kesseler de, kanını iyice akıtsalar da diyemezdi ki... Nasıl derdi... Ama mutlaka getirmeli, arkadaşlarına kalemlerini göstermeliydi.

Günlerce kafasını yordu, bir türlü yolunu bulamadı. Bu kalemleri bana babam aldı dese inanmayacaklardı. Milyoner çocuklarına bile babaları böylesine çok, güzel kalem almazdı ki... Eeee, ama muhakkak okula götürüp kalemlerini göstermeliydi. Bunun yolunu bulmalıydı. Bir kafasına takmıştı ki bu işi, bir türlü aklından söküp atamıyordu. Bir gün çantasına doldurdu kalemleri, okula götürdü, göstermek için yandı tutuştu, deliye döndü, ama kimseciklere gösteremedi. Belki bir hafta göstermenin ateşi içinde kıvrandı durdu, olmadı. Belki bu yıl da unutacaktı ama komşuları Erolu gördü. Erol Abi kırtasiyecide, Osmanbeyde kocaman bir mağazada çalışıyordu. Ondan defter almıştı. Onun çalıştığı yerde o kadar çok kalem vardı ki... Aaaaah bu Erol bir akrabası, örnekse dayısının oğlu olsaydı. Ne güzel, aah ne güzel olurdu. Bir, bir güzel olurdu ki. Derdi ki, "dayımın oğlu Erol armağan etti bunları bana..." O gece, gece yarısına kadar bu Erol üstünde düşündü.

Sabah okula gittiğinde okul çantası, cepleri ağzına kadar renk renk kalemlerle doluydu... Önce kalemleri sıra arkadaşı Sabahatin önüne serdi. Sabahatlerin Kapalıçarşıda bir kuyumcu dükkanları vardı ki, ağzına kadar altın bilezikle dolu. Ama Sabahatin bu kadar çok kalemi yoktu ki...

"Aaaaa!.. Bu kadar kalemi nereden buldun kız?"

Neriman hiç umursamaz:

"Erol Abi getirir bana," dedi. "Her akşam getirir... Onun Beyazıtta bir kocaman mağazası var ki, ağzına kadar kalemle dolu. Erol Abi benim neyim olur biliyor musun, dayımın oğlu. Daha hiç evlenmedi..."

Sabahat öteki çocuklara koştu hemen:

"Nerimanın birçok kalemleri, birçok kalemleri var, nah bu kadar, bin tane... Yalansam iki gözüm kör olsun."

Çocuklar Nerimanın başına üşüştüler... Gerçekten amma da çok kalemi vardı ha!

Sabahat:

"Onun dayısının oğlu var," diyordu, "daha hiç evlenmemiş. Beyazıtta bir kocaman dükkanı var ki... İçi hep kalemle dolu. Biz oraya her gün gideceğiz. Erol Abi de bize kalem verecek."

Neriman Sabahatten çok memnun oldu.

"Aaaaa..." dedi, "bilmiyor musun?"

Kalemlerden beş altı tane kalem seçti.

"Erol Abi bunları sana göndermişti. Sabahate ver diye. Ben senden ona çok çok konuştum. Benim en iyi arkadaşımdır, dedim."

Sabahat güldü:

"Biliyordum," dedi. "Teşekkür ederim."

Zil çaldı, Neriman, herkesin hayranlığı üstünde, kalemleri çantaya doldurdu. Derse girdiler... Artık herkesten üstündü. Sevinçten dolup dolup taşıyordu.

Bundan sonra her gün çantası dolu dolu kalemlerle geldi. Herkese kalem dağıtıyordu. O herkesin ablasıydı artık. Çocuklar çarşıdan ne diye kalem alsınlar. Erol Abi ona bol bol getiriyor, o da herkese veriyordu. O kadar çoktu ki kalemi. Tüm okula dağıtsa bitmezdi ki...

Nerimanın mutluluğu bu pis olay patlayıncaya kadar böylece sürdü gitti.

O kısa boylu, o bakkalın şaşı oğlu Zühtü var ya, o mendebur, o sümüklü burun var ya, işte o bozdu her şeyi. Yalancı, domuz, karnı yemez... Yüzüne baksan kusacağın gelir de kırk gün yemek yiyemezsin. İşte bütün bu işler onun başının altından çıktı.

Öğretmenin karşısına geçmiş:

"Vallahi billahi, Allah canımı alsın ki, anamın ölüsünü öpeyim ki... Neriman kalemimi çalmış. Kalemlerinin arasında gördüm. Bel koymuştum kaleme... Yeşil bir kalem... Üstüne de iki çentik yapmıştım... İşte o kalemi Nerimanda gördüm."

Öğretmen Nerimanı çağırdı, çantasını açtırdı... Bu kadar kalem çokluğu karşısında şaşakaldı.

Zühtü, kalemlerin üstüne atılarak:

"İşte öğretmenim bu," dedi ve kalemi aldı.

Öğretmen çok sert:

"Bu kadar kalemi nereden buldun?" diye sordu.

Neriman günlerdir hazırdı, dudaklarını bükerek:

"Bu kalemleri bana Erol Abi verir," dedi. "Evde daha o kadar çok ki..."

Öğretmen, kızın yüzüne haince baktı:

"Git, evdeki bütün öteki kalemleri de getir."

Zühtüye de:

"Ver o kalemi Nerimana," dedi.

"Ama öğretmenim, ama öğretmenim..."

"Ver o kalemi..."

Elinden aldı kalemi Nerimana verdi... Neriman kalemlerini çantasına doldurup eve doğru, çantası elinde koşmaya başladı.

Öğretmen arkasından:

"Çanta burada kalsın," dedi.

Neriman döndü çantayı masanın üstüne bıraktı, eve koştu. Eve çarçabuk geldi, büyücek bir bez torbaya tüm kalemleri doldurdu, okula koştu.

"İşte öğretmenim hepsi bu kadar..."

Öğretmen:

"Haydi sen sınıfa git şimdi," dedi.

Okulun Başöğretmenine gitti, işi uzun uzun anlattı. Okulun Başöğretmeni de okulu sınıf sınıf dolaşarak:

"Kalem kaybedenler, kalem çaldıranlar okul tatilinde benim odanın kapısına gelsinler," diye tembihledi.

Birkaç saat sonra Başöğretmenin kapısının önü kaynaşıyordu. Hemen hemen okulun çocuklarının yarıdan çoğu kalem yitirmiş, kalem çaldırmıştı.

"Söyle bakalım, senin çaldırdığın kalemin nasıldı?"

Çocuk kalemini anlatıyor, Başöğretmen kalemler içinden kalemi bulup çıkarıyor, çocuğa veriyordu.

Böylece bir sürü çocuğa kalemlerini verdi. Çocuklar yalan söylemiyorlardı ve kalemler çocuklarındı...

"Söyle, nasıl çaldın bu kadar kalemi?"

"Çalmadım."

"Doğruyu söylersen seni affederim kızım."

"Çalmadım."

"Peki Erol Abi milyoner de olsa sana bu kadar kalemi niçin versin? Haydi bir, iki, on tane verdi... Ya yüzlerce kalemi?"

"Erol Abi verdi... Dükkanı kalem dolu..."

Kızı uzun uzun sıkıştıran Başöğretmen, onun ağzından doğru söz alamayınca:

"Git hemen ananı, babanı çağır," dedi.

Neriman eve geldi, kendini yatağın üstüne attı, hüngürdemeye başladı. Gözleri kan çanağına dönmüştü. Anası telaşla soruyor, kız ağlamaktan konuşamıyordu. Biraz açılınca işi olduğu gibi anasına anlattı. Akşam babası eve gene elinde bir kucak kalemle geldi. Nerimana verdi. Neriman var gücüyle kalemleri sokağa fırlattı. Anaysa ağlayarak işi babaya anlattı.

Neriman diyordu ki, anasına babasına ölürcesine yalvarıyordu ki:

"Kurban olayım size, çöpten çıktığını söylemeyin kalemlerin. Erol Abi verdi, deyin..."

"İnanmazlar..."

"İnanmasınlar."

"Çöpten kalem çıkarmak hırsızlıktan daha mı kötü?"

"Daha kötü, daha kötü..."

Ana, baba, kız arasındaki cebelleşme gece yarıya kadar sürdü.

Neriman diyordu ki:

"Eğer kalemlerin çöplerden toplandığını söylerseniz ben kendimi öldürürüm..."

Rüstem Çavuş çocukları iyi bilirdi. Kız kendini öldürürdü.

"Haklısın kızım," dedi. "Diyeceğim ki okulda, ona bu kalemleri dayısı oğlu Erol verdi."

Sabahleyin okula kızıyla birlikte giden Rüstem Çavuş, öğretmenine, Başöğretmene Eroldan söz açtı, onun ne kadar iyi, cömert bir akraba olduğunu uzun uzun saydı döktü. Başöğretmen, Erolun Beyazıttaki dükkanının adresini istedi. Baba kız apışıp kaldılar. Rüstem Çavuş sonunda bir adres uydurup Başöğretmene yazdırdı. Baba kız okuldan böylece ayrıldılar.

Araştırma bitmiş, Nerimanın kalem hırsızlığı anlaşılmış, Neriman okuldan kovulmuştu.

Ben bu olayı epey geç duydum. Rüstem Çavuşun evine hemen koştum, evde kimse yoktu. Bir hafta gittim geldim, ev kapı duvardı... Altı ay, ben Basınköye göçünceye kadar ev daha kapalıydı... Bomboş, ölü, yaslı bir evdi... Güzelim bahçeyi mahalle çocukları çiğnemişler, penceredeki kırmızı, mavi, pembe sardunyaları yolmuşlardı...

Ben çöplükleri iyi bilirim. Rüstem Çavuştan dolayı. Çöplükler, şehirlerin tıpı tıpına aynasıdır... Bir şehir pisse, aşağılıksa, kalleşse, acımasızsa o şehrin çöplükleri bin misli daha pis kokar. Leş gibi... İstanbul şehrinin çöplüklerine martılar konar, çöplüğün üstü apak olur. Ve bu murdar çöplük martıdan gözükmez olur. Haa, bir de renk renk kalemler çıkar istanbul çöplüklerinden... Altın yüzük çıktığı da olur.

Avcı

Hemite dağıyla Anavarza arası geniş, düz bir ovadır. Savrun çayı Ceyhan nehrine tam Anavarzanın dibinde karışır. Çayın Ceyhana karıştığı yerden ta Vayvaylı köyüne kadar bir sazlık uzanır. Akçasaz. Hemite dağı, Anavarza, Vayvaylı arasına günün her vaktinde bir boz duman çöker. Daha doğrusu, incecik bir sis değil de bir dumanmış gibi tüter.

Ceyhan, Kesikkelinin orada ikinci bir gölcük yapar. Ceyhan suyuyla bu gölcük arasında bir ada kalır. Dümdüz, cilalı mermer gibi düz, kapkara bir toprak parçasıdır bu. Kışın bu gölcüğün yüzü yabanördekleriyle dopdolu olur. Suyun yüzü ördeğe keser.

Yollarda toz, diz boyudur. Toz kırmızı demir gibi yanar. Akçasazın kıyılarında taptaze, pırıl pırıl bir yeşil, serin sazlar vardır. Bu sazlara berdi derler, gök berdi... Berdinin kahverengi başağı suya doğru sarkar... Berdiden berdiye örümcek ağları gerilmiştir. Örümcek ağları yapış yapıştır. Ağların kalınlığı bir iplik kalınlığı kadardır. Sarıcaarılar sazlara kocaman, yeşile çalan, gümüşi peteklerini asmışlardır. Peteğin üstünde döner dururlar. Her biri bir karınca gibi...

Akçasazın kıyısına ev kurulamaz. Kurulursa da burada insan yaşamaz. Sivrisineğin türlüsü... Zehirlisi, zehirsizi... Arı oğul verir gibi. Tüm gecede, her bir yanda arı oğul verir gibi... Zehirli sıtma birkaç gün içinde götürür adamı... Akçasaza yakın köyler de vardır. Ellisinden yukarı adam göremezsin.

Kalın, simsiyah kolları her zaman açıktı. Kış yaz öyle. Kış yaz çiftesini alır Akçasaza, Ceyhan suyunun gölüne ava giderdi. Avdan bir hafta, iki hafta gelmediği de olurdu. En çok, kaybı üç hafta sürmüştü. Bir hafta, iki hafta sonra yüzü solgun, üstü başı tepeden tırnağa çamura batmış olarak gelirdi. Karısı onu kapının önünde çırılçıplak soyduktan sonra içeri alırdı. Daha çamaşırlarını bile giymeden çırılçıplak, köşeye serilmekte olan yatağın başında dimdik durur, yatak serilince kendisini ölü gibi atar, hemencecik uyurdu. Kıpırdamadan bir gece iki gün böylece uyurdu. İkinci günün akşamında uyanır, gözlerini uzun uzun ovuşturur, sonra kalkar yemek yer, ondan sonra da tüfeğini temizlerdi.

Avdan gelmişti. Derin uykudaydı. Daha uyanmasına beş saat vardı. Kadın, yatağın başına döndü, kocasını iki elinden tutup oturttu. Bağıra bağıra: "Muslu, Muslu uyan! Çocuk ölüyor, uyan!" dedi.

Sonra hınçla elleri bıraktı. Muslu, ölü gibi yatağa düştü. Kadın çocuğun başına gelip oturdu. Yumulup toprakta zangır zangır titremekte olan çocuğu yaşlı gözlerle seyretmeye başladı. Sonra ağlaması arttı. Sesi gittikçe bir çığlık halini aldı. Çocuğu topraktan kucağına alıp dışarı çıkardı. Dışarısı çatır çatır yanıyordu. Ortalığa kurşun gibi ağır, soluk aldırmayan bir güneş çökmüştü. Güneş altında bir o yana bir bu yana gitti. Sonra oradan oraya koşmaya başladı. Tarlaya gitmemiş bir iki kadın onu böyle deli gibi dönerken gördüler. Kolundan tutup içeri çektiler. Biraz öğütledikten sonra bırakıp gittiler. Gitmeye gitmezlerdi ya köycülük hali bu, çok işleri vardı.

Kadın gene eskisi gibi ateşler içinde titreyen çocuğunu kucağına almış, öyle kalakaldı. Sonra çocuğu yere koydu. Çocuğun sıcaklığı onu yakmıştı. Bir de dili damağı kurumuştu ki! Hışımla yerinden kalktı, geldi Musluyu ellerinden tutup var gücüyle çekti. Ağzını Muslunun kulağına koyup olanca sesiyle bağırdı:

"Musluuu! Muslu! Musluu! Çocuk ölüyor, Muslu! Uyan, Muslu!"

Bir zaman öylece bağırdı. Sonra sesi yavaşladı. Sonra da kısıldı. Sonra kesik kesik başladı söylenmeye. Çocuğu minderin üstüne yatırmıştı. Saralılar nasıl titrer, ağızlarından nasıl salya akar, çocuk da böyleydi.

Kadın: "Bak Muslu," diyordu, "beni alırken, seni kuşsütüyle beslerim dediydin. Aylarca, yıllarca yolumu beklediydin. Babam beni sana vermiyordu. Muslu, ben babamı, evimi barkımı, kardeşlerimi kodum, sana geldim. On beş yıl oldu anamın babamın yüzünü görmedim. Anam babam sensin, dedim. On beş yılın adı var, Muslu on beş yıldır sen av peşinde gezdin, çifti ben sürdüm, harmanı ben dövdüm, pazara götürüp ben sattım. Sen, on beş yıldır elini ılıktan soğuğa vurmadın. Her kahrı ben çektim. Bak, Muslu, şu ağarmış saçlarıma bak, ben böyle mi olacaktım bu yaşta? Bir güne bir gün de seni koyup gitmek aklıma gelmedi. Kış gecelerinde sen ördek peşindeyken, bir batağa saplanır kalır deyi gözüme uyku girmedi. Sabahlara dek göz kırpmadan seni düşündüm, senin için ağladım... Ya Muslu, Süleymanım öldü. Ölüsünde bile bulunmadın. Dervişim öldü, mezarını bile kazmadın. Tüfeğini aldın, çocuğun ölüsü daha yatakta soğumadan, ava gittin. Gene bağrıma taş bastım. Muslunun canı sıkılmasın deyi bir gün olup bunları yüzüne vurmadım. Muslu, çocuk ölüyor. Uyan, Muslu! Uyan da bana söyle. Ne yapayım, Muslu?"

Muslu yavaşçacık yatağa geri düştü. Kadın çocuğunun başına varıp gene eskisi gibi yumuldu. Sonra bir an geldi, çocuğun ağzı biraz daha köpüklendi, bundan sonra da birdenbire gerindi, sonra çözülüverdi. Süleymanın da ölümü aynen böyle olmuştu. Kadın kendini boylu boyunca çocuğunun üstüne attı. Artık sesi çıkmıyor, gözlerinden yaş da akmıyordu. Köyde çocuğu kaldıracak, daha doğrusu anaya yardım edecek kimse yoktu. Akşam oldu. Akşam olunca tam zamanında Muslu uyandı. Gözlerini uzun uzun ovuşturdu.

Kadın: "Muslu," dedi. "Çocuk öldü, Muslu!"

Ama bunu korka korka söyledi. Muslu bu lafı duymamış gibi kalktı, tüfeğini aldı, sildi, arkasına bakmadan yönünü Akçasaza çevirip yola düştü. Kadın hiçbir şey söylemedi. Olacağı biliyordu, bekliyordu zaten. Komşulardan Ali Onbaşı, yani Sarı Ali, tarladan dönmüştü. Ona gitti.

"Ağam, Ali Ağam, bizim çocuk öldü," dedi, "ne yapsak ola?"

Ali yorgundu. Kalktı öteki köylülere haber verdi. Kadınlar ölüyü yıkamışlardı. Gecenin karanlığında çocuğu küçücük, karanlık bir mezara koydular.

Köylüler: "Aman," diyorlardı, "koy git babayın evine, bu Musludan sana hayır yok. Koy git."

Bunu her gün söylüyorlardı ya, onun aldırdığı bile yoktu. Bir kulağından girip ötekinden çıkıyordu. Ama bu son söylenenler yüreğine demir gibi oturuverdi.

Sabaha kadar uyumadı, ölçtü biçti. Sabah olunca öteberisini bohçasına koyup on beş yıldır uğrayamadığı baba evinin yolunu tuttu.

Ceyhan suyunun adası, Akçasazın bataklığı... Muslu dert içinde döndü dolaştı. Eve geldi ki, ev bomboş. Bunu hiç beklemiyordu. Kurşunla vurulmuşa döndü. Kapının eşiğine yığılıp kaldı. Üstü başı çamur içindeydi. Komşular kaldırıp bir yatağa yatırdılar.

Akçasazın kenarına hiç mi hiç ev kurulamaz, insan bir ayda sıtmadan öteki dünyayı boylar. Şimdiye dek hiç kimse de ev kurmamıştır.

Şimdi Akçasazın gün doğuya düşen kıyısında küçük bir huğ vardır. Huğun yanı yönü ördek, kaz, toy, bıldırcın, daha bilmem ne cins kuşların tüyleriyle doludur. Tüyler çalılara takılmıştır.

Hemite dağıyla Anavarza arası geniş bir düzlüktür. Bu düzlükte on beş yirmi kadar köy vardır. İşte bu arada tüfeği sırtında, çamura batmış, saçı sakalına karışmış bir adam köylülere yıllardır, vurduğu av hayvanlarını satar. Bu, Musludur.

Hırsız

Bunca yıldır ahbabımdır, dostumdur. Bizim buralarda, Menekşede, Florya yörelerinde onu herkes tanır, bilir, sever. Kimseye gözünün üstünde kaşın var, dememiştir. Hiç kimse onun adını da, nereli olduğunu da bilmez. Konuşması daha çok bir çocuğun konuşmasına benzer. Azıcık r'leri yutar. Kesik kesik konuşur. Bir karıncayı bile incitmekten korkar. Öyle de bir hali vardır. Bunca yıllık dostumdur. Çakırın asıl adını ben de bilmem. Nereli olduğunu da hiçbir zaman soramadım. Sordurmaz bir hali vardır. Çakır gevezeliğe de gelemez. Bizim buralarda balıkçı milleti hep biribiriyle dalaşır, hep biribiriyle şakalaşır, ama kimse Çakıra bir tek söz söyleyemez. Korkularından, çekindiklerinden mi, değil, ama Çakırda bir yan var, şaka götürmeyen, şakaya gelemez. Bir dokunulmazlığı, kutsallığa benzer bir saflığı var.

Bunca yıllık ahbabımdır, dostumdur, dedim. Doğru değil, şu darıdünyada üç beş sevdiğim insandan birisi, belki de birincisidir. Öyle çok çok buluştuğumuz, anlaştığımız mı var, o da değil. Biribirine uygun huyumuz mu? Düşüncelerimiz mi biribirine benzer? Gerçekten Çakır ne düşünür, nasıl düşünür, onu da bilmem. Ama neden bu kadar severim bu adamı, bilmem. Çakıra da sorsanız, benimle onun dostluğunu, o da bilmez. Nedenini söyleyemez. Belki de başından savuşturmak için, "O mu, o mu be, o mu? Haaa, o mu, o dost adamdır be," der, sonra da oradan uzaklaşır.

Şimdiye dek onun benden bir şey istediğini, verdiğim herhangi bir şeyi kabul ettiğini bilmiyorum. Ne kadar zorlasam, "Olmaz," der. "Senden bir şey alamam. Ne borç, ne de bir şey... Hiç alamam. Sen benim dostumsun. İstemem. Ben tuhaf bir adamım. Sonra dostluğumuza gölge düşer." Ben bin dereden su getirir, onu kandırmaya çalışırım. "İnsan," derim, "düşmanından bir şey isteyemez ki, dost tutar dostun elinden. Düşman tutamaz ki..." Çakır çok güzel güler. Gülünce daha da gençleşir. Sahi, Çakır kaç yaşında acaba? Onu da kimse bilmez. İnsan tahmin bile edemez onun yaşını. Bazı kırkından yukarı, bazı otuzundan aşağıdır. Çakır gününe göre değişir. Çakır bu sözlerime hiç karşılık veremeyince kafası allak bullak, yüzünü buruşturarak, tırnaklarını kemirerek kalkar, deniz kıyısınca, düşüncelerine bir iyice yumulmuş, yürür gider.

Gene böyle bir konuşmadan sonra, yüzü sevinç içinde kalmış geldi. Buldum, ama bu sefer ne buldum, der gibi geldi. Karşımda durdu. Yüzüme övünerek baktı. Yüzünde hiç görmediğim bir hava vardı. "Oldu," diye ağzından kaçırdı, sonra buna pişman oldu. Yüzü birden değişti, gene telaşlandı. Sonra çabuk çabuk: "Dosttan düşmandan başka insan mı yok yeryüzünde... Ben de öteki insanlarla alışveriş yaparım," dedi.

Çakırla başa çıkılmaz. Bunca yıl aradı taradı, düşündü taşındı buldu, dosttan da düşmandan da başka insanlar olduğunu dünyada. Artık bir daha Çakırı üsteleyemezdim.

Sarı saçlıydı. Saçları kalın, tel tel, parlaktı. Omuzları çok geniş, güçlüydü. Bir heykel ağırlığınca küt küt yürüyordu. Gülse de, öfkelense de hep dudağının yanındaki kıvrım ağlamsı bir havayla kırışıyordu. Ve çakır gözleri ela, büyüktü. İçinde yeşil, çok parlak kıvılcımlar ipileyip ipileyip sönüyordu. Her zaman partallar içindeydi. Pantolonu, ceketi, gömleği dört bir yandan pırtık pırtık sarkıyordu. Bir de yakışıyordu ki Çakıra...

Uzaktan, pırıl pırıl, tertemiz deniz kokuyordu Çakır. Yosuna benzer, tuzlu, iyotlu, taze balık kokusuna benzer, lodos kokusuna benzer bir kokuyla kokuyordu. Yanından geçerken sanki sıcakta, dumanlı bir deniz geçer gibi geçiyordu. Üstünde ak pak bulutlar. Elleri kocaman, kabaydı. Uzun parmakları boğum boğumdu. Birer balyoz gibi sarkıyordu iki yanından.

Onunla denizin kıyısına, kayalıkların üstüne oturur, hiç konuşmazdık. Ama hiçbir şey konuşmadan öyle, denizin üstündeki martılara, karabataklara bakardık. Bir de deniz bazı günler parça parça ışıklanırdı. Parça parça renklenirdi. Bir parçası aydınlık içinde, bir parçası kapkara, karanlık bir gece, karanlık bir kuyu suyu gibi dalgalanırdı. Bir yanı som ışığa keserdi. Bir yanda mosmor, üstü kızıltılı bir alan, bir yanda mavi, bir yanda turuncuya vurmuş, bir yanda yeşil yuvarlanmış gitmiş, bir yanda karmakarışık ışığa bulanmış, uçuyor. Deniz sert bir ışıkla, kılıçla kesilmiş gibi ikiye bölünürdü bir an, Çakır, bu anda kendini tutamaz: "Deniz denize benzedi," diye coşardı. Gözlerinin içi güler, ışıklanırdı. Oturduğumuz kayalığın üstünden nasıl kalkar, ne zaman kalkar, biribirimize ayrılırken neler derdik hiç ansımıyorum. Belki hiçbir şey söylemezdik. Belki ışık içinde, belki karanlıkta ayrılırdık, hiç ansımıyorum.

Bir gün balıktan gelmişti. Her gün balıktan gelirdi ya... Elleri pul içindeydi. Kurumuş renk renk pullar ta bileklerine kadar sıvanmıştı. Beni görünce güldü. Yanardöner bir balık uzattı bana ta uzaktan: "Bu senin kısmetindir. Tuttuğum andan beri senin kısmetindir, diye düşündüm." Çocuk gibiydi. Bir balığa, bir denize, bir bana mutlulukla, bir çocuk sevincinin coşkunluğuyla bakıyordu. Bir anda elindeki balık, yüzü, elleri masmavi kesildi. Gün batıyordu. Gittikçe mavileştiler. "Gördün mü?" diye sordu. "Gördüm," dedim. Balığı uzaktan bana fırlattı, tuttum. "Afiyet olsun," dedi. "Sağ ol," dedim, hemen oradan uzaklaştım. Kayıktakiler ona içten içe gülüyorlardı. Bir tek balık tutmuş, gelinceye kadar balığı bana nasıl vereceğini anlatmış, ya da düşünmüş durmuştu. Balıkçılar cin gibidirler, insanın yüreğini ayna gibi okurlar. "Abi," dediler birkaç gün sonra, "görecektin Çakırı balığı tuttuğunda. Bir görecektin ellerini çırpışını, sevincini. Aklını tüydürecekti."

Her gün balığa çıkar, tuttuğu balıkları renk renk boyadığı tablasına sıra sıra dizer, Floryada, kampinglerde, Basınköyde, Yeşilköyde bir çocuk gibi balıklarıyla, insanlarla, ağaçlarla, çiçeklerle oynayarak, "Taze balıııııık," diye bir tuhaf şarkı söyleyerek, dolaşır, satardı. Paralarını pantolonunun sağ cebine koyar, bıçkın bakışlarla dört bir yanı kollayarak, burnu havada, yoldaki taşları şutlayarak, eli cebindeki bozuk parasında, arada çıkarıp saya saya evine gelirdi.

Her günkü oturduğumuz kayanın üstündeydik gene. Martılar denize inip inip kalkıyorlardı, cırlak sesleriyle de ortalığı kıyamete boğuyorlardı. Çakırı hiç böyle görmemiştim. "Bağırın domuzlar, bağırın alçaklar, mendeburlar, bet sesliler," diyor, durmadan dört bir yana küfür dağıtıyordu. Arada sırada da bana dönüyor, dudaklarını uzatıyor, burnunu kıvırıyor, bir şey söylemek için çabalıyor, vazgeçiyordu. Gene martılara dönüyor, veryansın ediyordu. Oturmuş orada martılarla konuşuyor, çok kızdığı bir adamla dövüşür gibi martılarla dövüşüyordu. Martılar karşılık vermedikçe de deli divane oluyor, kuduruyordu. "Ulan geçmişi kınalılar, ulan uğursuz sesliler, ulan eşşoğlu eşşekler... Ulan, ulan..." Dişlerini sıkıyor, "ulan ulan it suratlılar... Ulan bir geçirirsem sizi ellerime... Ulan o pis gaganızdan tutup boynunuzu sündüre sündüre iki saatta, iki, iki, iki saatta koparırım."

Öfkesinin altında, dilinin altında bir şeyler vardı. Ben de kızdım: "Ne istiyorsun be kuşlardan?" diye bağırdım. "Söyle dilinin altındakini. Neye sıkılıyorsun öyle de hıncını zavallı kuşlardan alıyorsun? Ne yapıyorlar onlar sana?"

Uzun bir süre sustu, sonra başını ağır ağır kaldırdı, azıcık yanakları kızarmış, gözleri parlayarak utangaç, belli belirsiz gülümsedi, başını gene yere indirdi: "Boş ver," dedi.

"Git cehennemin dibine," dedim, "Allahın baş belası herif!"

Aradan birkaç gün geçti. O günden sonra bana hiç yaklaşmadı. Ben de onu izlemeye başladım. Uzaktan uzağa. Balığa çıkmadı bu günler. Köprünün üst başına, toprağa bir sandal çekilmişti. İnce uzun bir sandaldı bu. Boyaları dökülmüş, kararmış tahtaları çatlamış, küpeşteleri kırık...

Bir baktım, hiç kimseye belli etmeden Çakır sandalın yöresinde dönüp duruyor, eğiliyor altına bakıyor, sağına soluna bakıyor, uzağa çekilip seyrediyor, sonra varıp okşuyor, ölçüyor biçiyor... Bir de dönüyor, beni seyrediyorlar mı diye yöresine telaşla, ürküntüyle bakınıyor, bakmadıklarını anlayınca gene uzun araştırmasını sürdürüyor, gidiyor, geliyor, yüzünden umutlandığı, kedere gömüldüğü, kızdığı, sevindiği, hayal kurduğu, sevince daldığı belli oluyor. Çakırın yüzü bir iyice konuşuyor. Ben işi anlamıyorum. Var bunda bir iş, diyorum. Kahvenin köşesine, pencerenin arkasına bir iyice saklanıyorum, beni görmüyor. Çakır bu kahveye hiç girmez. Kellesini kesseler girmez. Bunun nedenini de hiç kimse bilmez. Kahveci de bilmez. Ben de bilmem. Ama herkes bilir ki Çakır bu kahveye öldürseler giremez.

Üç gün, dört gün, belki bir hafta, Çakır sabahın köründen akşamın alacakaranlığına dek sandalın yöresinde döndü durdu, okşadı, baktı, sevdi, sonunda beni geldi kayamızın üstünde buldu. Hiç martılara falan kızmadan, öfkelenmeden, bir çocuk yüzü gibi yüzü pembeleşmeden, olanca bıçkınlığı, mahalle çocukluğu üstünde: "Nusret Beye söyle," dedi. "Oraya bir sandal koymuş, ben o sandalı boyamak istiyorum."

"Ondan kolay ne var bre Çakır," dedim. "Ondan kolayı can sağlığı... Nusret benim çok yakın arkadaşım, biliyorsun."

"Biliyorum," dedi gene bıçkın çocuk havasıyla, şımarık.

"Başka," dedim.

"Başka?" Düşündü. Başka bir şey daha isteyecek oldu. Gene masum çocuk dudakları sundu. "Başka? Başka? Bu kadar canım. Başka ne olacak. Sandalı boyamak istiyorum..." Dudaklarını yaladı... "Çok güzel," dedi, içten, ta derinden.

Daha gün doğmadan boyaya başladı, öğleye bitirdi. Açık, bulut mavisine boyamıştı. Sonra başı, kıçı cilaladı. Sonra iki üç gün çalışarak sandalın başının her iki yanına ak bir boyayla güvercin yazdı... Hiç görülmemiş, bir tuhaf bir yazıydı bu. Ama okunuyordu çok uzaktan bile. Bir de yazının altına bir güvercin resmi yaptı. Bu resme ne kadar uğraştığını hiç bilmiyorum ama, böyle bir güvercin resmini dünya dünya oldu olalı hiçbir hünerli el çizememişti. Anlatamam. O resmi kimse de anlatamaz. Görmeden olmaz. Güvercin sandal, bir ışık ortasında kalmış, hep birden sonsuz bir ışık pusuna bulanmış, adı sanı duyulmadık uzak ummanlara uçuyordu. Çakır artık işi gücü bıraktı. Evi barkı bıraktı, hep sandalın yanında. Hep gözleri sevgiyle dolu, sandalda.

İkide bir kendini yenemiyor, sandala bakıp bakıp: "Güzel," diyordu. "Güzel." Dudaklarını şapırdatarak.

Sonra sandala naylon ipler aldı. Hem de mavi, hem de sarı, hem de başka renklerde. Bir parça da ince dokunmuş ağ serdi teknenin içine. Sonra bir çapa aldı, çok eski... Nusret Bey sandalını tanıyamadı. Söyleyince çok sevindi.

Her şey bittikten sonra Çakır gene, çakır ela, kocaman gözlerini döndürerek yöremde dönmeye başladı. Bu sefer martılara sövmüyordu ama, sıkıntıdan patlıyordu. En sonunda gene eski, bıçkın tavrını takındı, yıldırım gibi düştü:

"Ben bu kayıkla balığa çıkmak istiyorum, bir seferliğine," dedi. Bunu benden istediğine bin pişman oldu. Dudaklarını kemirmeye başladı. "Yok. yok istemez," dedi. "Adamın aklına kim bilir ne gelir," dedi. "Boyadık ya, sağ olsun, o da bize yeter," dedi, yürüdü. Arkasından koştum: "Nusret beye söyleyeceğim," dedim. "Ne olacak bir seferlikten."

"Yok," dedi, "söyleme. Kim bilir adamın aklına ne gelir, kayığını boyadık diye. Boyadık ya, yeter."

Nusret Bey:

"Ne acayip adam öyle o," dedi.

Çakır, kayığı denize, korka korka, kutsal bir varlığa dokunurcasına ürkek, sevinçli, mutluluktan taşarak... Mahallenin tüm insanları bu mutluluğu seyre denizin kıyısına çıkmıştı. Çakır bir kuş gibi atladı kayığa, bir kuş gibi Güvercin bir anda kendisini açıkta buldu. Gittikçe soldu, yitti, silindi, denizin ışığının içinde eridi.

Çakır gün batarken geri döndü. Sırılsıklam olmuş titriyordu. Balıkları mavi ağa sarmıştı. Balıklar mavi ağda çırpınıyorlardı. Hemen orada, herkesin gözü önünde balıkları ikiye böldü, bir parçasını bana verdi, öbürünü de gene ağa sardı, koşarak yola düştü. Akşam Nusret Bey eve geldi:

"Balıklar enfesti üstat, enfesti, enfesti..." diyordu.

Bir zaman kayık orada kaldı. Çakır da kayığın yöresinde gene eskisi gibi döndü durdu. Durmadan yalanıyordu.

Çakır bizim eve hiç gelmemişti. Nedendi belli değil. Bir gün kapı çalındı, şaşkınlıktan küçük dilimi yutuyordum az daha. Çakır karşımdaydı ve başı yerdeydi. Buyur ettim, içeriye girdi. Başını hiç kaldırmıyordu. Gözleri ayaklarının ucunda... Akşama dek kıpırdamadan oturdu. Sonra birden ayağa kalktı.

"Ben bu kayığı istiyorum," dedi. "Söyle Nusret Beye, kayığı bana satsın. Orada çürüyor. İki yıldır kayık orada durup duruyor. Nusret Bey bir kere olsun kayığı denize sürmedi. Ne isterse veririm. Balık tutar, kazanır, ona veririm. İyi bilsin, borcumu öderim."

Mahalle bir bayram günü yaşadı. Mavi kayık, allı pullu, süzüle süzüle denize indi. İşte o gün Çakırın giyitleri yeniydi, hem de yepyeni, ayakkabıları da gıcır gıcırdı. Çakır kravat bile takmıştı. Beyaz gömlek giyilir mi denize çıkarken! Birkaç kişi Çakırla alay etti arkasından. Eşşekler, hem de eşşoğlu eşşekler, Çakırın bunca yıllık, deli özlemini anlamadılar. Çakır belki de, doğduğundan bu yana böyle bir kayık özlüyordu. Yoksa, gelir de benden Nusret Beyin kayığını almamı ister miydi? Anlamadılar Çakırı. Tadına varamadılar onun...

Ve bizim evin kapısından elinde kılıçlarla, mercanlarla geçiyordu iki günde bir Çakır. Lüferlerle, tekirler, pisiler, barbunyalarla geçiyordu. Oynar oynar. Işıklı...

Belki bir yıl sürdü bu. Çakırın sevincinden yanına varılmıyordu. Ağzı kulaklarında, gülüyor, şakalaşıyordu bile.

Neden sonra kayığın gene eski yerine çekildiğini fark ettim. Ne olmuştu acaba? Çakırın benimle karşılaşmak istemediğini de fark ettim işte bu sıralar. Ben denize gelsem o ne yapıp ediyor, bir yandan bana gözükmeden kayıveriyordu. Üstü başı da gene dökülmeye başlamıştı. Nusret Beye de uğramıyormuş. Son geldiğinde: "Sana borcumu ödeyemedim Nusret Bey, aaah! Bu olacak iş mi? Balık çıkmadı, attığım taş, dediğim kuşu vurmadı. Kusura kalma Nusret Bey," demiş, başı yerde çekmiş gitmiş.

Bir süre sonra da Çakır ortadan silindi gitti. Evine vardım kimsecikler yoktu. Ne karısı, ne çocukları... Kapıda kocaman bir asma kilit asılıydı.

Nusret Bey:

"Gece, yağmur yağarken, çok karanlıkta, iki kere bir adam gırtlağıma sarıldı, boğuştuk. Az daha beni boğuyordu, ikisinde de ayağı kaydı, sonra da kaçtı. Elleri Çakırın ellerine benziyordu," dedi.

"Mümkünü yok, Nusret Bey," dedim. "Senin yüzüne utancından bakamadığından evini barkını koydu da gitti. Borcunu ödeyebilseydi gider miydi sanıyorsun?" dedim.

"Gitmezdi," dedi Nusret Bey.

Sonra kayığı da, Çakırı da unuttu Nusret Bey. Ondan söz açarken gözlerinin içi gülüyordu Nusret Beyin: "Sayesinde bir balık yedik Çakırın, bir balık yedik... Bir balık. Kayık ona anasının sütü gibi helal olsun," diyordu.

Çok karanlık vardı. Seni Nusret Bey arıyor, dediler. Gittim, önünde bir mor binlik duruyordu.

"Biraz önce Çakır geldi," dedi. "Konuşmadı, merhaba demedi. Başı yerdeydi. Eli kanıyordu. Kulağı da kanıyordu, yırtılmıştı. Dizlerine kadar çamura batmıştı. Zayıflamış bitmişti de... Şu binliği uzattı ağır ağır... Uzatır uzatmaz da arkasını döndü, yürüdü gitti. Ta avludan, sağ ol Nusret Bey bana iyilik ettin, dediğini duydum. Ne dersin?

"Hiçbir şey demem. Bir daha kimse gırtlağını sıkmayacak."

Nusret Bey bir kurtuluş ohu çekti:

"Sıkmayacak," dedi.

Ben inanmıyorum. Nusret Beye de, kendime de. Çakır kimsenin boğazını sıkmaz. Çakır ekmek yediği sofraya bıçak sokmaz.

İşte bunu yazamam. İşte buna dilim varmaz. Kahrolurum. Çakırın bir hırsızlıktan dolayı tutuklandığını gazeteler yazdı. Tam da Nusret Beye geldiği gece, belki Nusret Beyin evinden çıkar çıkmaz tutuklanmıştı. Mahpushaneye gittim. Çıkmadı. Ona biraz para, sigara bıraktım. Bir daha da aramadım, arayamazdım.

Birkaç gece karanlıkta bizim evin köşesinden, ben gelirken birisinin kaçtığını gördüm. Bir anlam veremedim, aldırmadım. Ya da polis sandım. Bana gözükmek istemeyen. Sonra bir gece karşıma birden dikiliverdi: "Kim o?" dedim. "Sen kimsin?"

Kırık, belalı, yılgın, belki de birazcık mutlu bir ses: "Benim," dedi. "Beni tanımadın mı?" Sonra da çabucak ekledi: "Borcumu ödedim." Son sözcükler birer zafer türküsü gibi çıktı ağzından. Koşarak bir anda karanlığa karıştı.

Sabahleyin onu köprünün altında Güvercini maviye, hem de masmaviye boyar gördüm. Teknenin ucunda ak Güvercin öyle şanlı duruyordu. Beni görünce şöyle içten, ışık gibi candan güldü.

"Merhaba," dedim.

"Merhaba," dedi. Bıçkın, kurnaz, yenmiş, sevinçliydi.

Merhaba! Merhaba bre Çakır!

YAŞAR KEMAL *(Göğceli [Gökçedam] köyü/Osmaniye/ Adana, 1923 [nüfus kaydında 1926] -)* Romancı.

Asıl adı Kemal Sadık GÖKÇELİ. Nigâr Hanım ile çiftçi Sadık Efendi'nin oğlu. Aslen Van-Erciş yolu üzerinde ve Van Gölü'ne yakın Muradiye ilçesine bağlı Ernis (bugün Günseli) köyünden olan ailesi Birinci Dünya Savaşı'ndaki işgal yüzünden uzun bir göç süreci sonunda Adana'nın Osmaniye ilçesine bağlı Hemite (bugün Gökçedam) köyüne yerleşmişti. Küçük yaşta bir kaza nedeniyle tek gözünü kaybeden Yaşar Kemal 5 yaşındayken babasının kan davası sonucunda öldürülmesine tanık oldu. Burhanlı köyü ilkokulunda başladığı ilköğrenimini Kadirli İlkokulu'nda tamamladı. Adana'da ortaokula devam ederken bir yandan da çırçır fabrikasında işçilik yaptı. Ortaokulu son sınıfta terk ettikten sonra çeşitli işlerde çalıştı. Kuzucuoğlu Pamuk Üretme Çiftliği'nde ırgat kâtipliği (1941), Adana Halkevi Ramazanoğlu kitaplığında memurluk (1942), Zirai Mücadele'de ırgatbaşlığı, daha sonra Kadirli'nin Bahçe köyünde öğretmen vekilliği (1942-43), pamuk tarlalarında, batozlarda ırgatlık, traktör sürücülüğü, çeltik tarlalarında su bekçiliği yaptı. Yirmiye yakın işte çalıştığı bu yıllarda en uzun işi beş yıl üst üste yaptığı su bekçiliği oldu. Bu arada 17 yaşındayken siyasi nedenlerle ilk tutukluluk deneyimini yaşadı. Askerlikten sonra 1946'da gittiği İstanbul'da Fransızlara ait Havagazı Şirketi'nde gaz kontrol memuru olarak çalıştı. 1948'de Kadirli'ye döndü, bir süre yine çeltik tarlalarında su bekçiliği yaptıktan sonra arzuhalcilik yapmaya başladı, çeşitli güçlüklerle karşılaştığı için bu işi de sürdüremedi. 1950'de Türk Ceza Kanunu'nun 142. maddesine aykırı eylemde bulunmak savıyla tutuklandı ve bir süre Kozan Cezaevi'nde yattı. 1951'de salıverilince İstanbul'a gitti.

Kısa bir işsizlik döneminin ardından *Cumhuriyet* gazetesinde Yurt Haberleri servisinde başladığı gazeteciliği fıkra ve röportaj yazarlığı ile sürdürdü (1951-63). 1962'de girdiği Türkiye İşçi Partisi'nde Genel Yönetim Kurulu üyeliği, Propaganda Komitesi başkanlığı ve Merkez Yürütme Kurulu üyeliği yaptı. 1963'te ayrıldığı gazetecilikten sonra kendini bütünüyle roman yazma uğraşına verdi. 1967'de haftalık dergi *Ant*'ın kurucuları arasında yer aldı. Sorumlusu olduğu bu derginin yayınları arasından çıkan *Marksizmin Temel Kitabı* adlı yapıttan dolayı 18 ay hüküm giydi. Bu karar Yargıtay tarafından bozuldu. *Ant* dergisindeki yazılarından dolayı çeşitli kovuşturmalara uğradı. 1973'te Türkiye Yazarlar Sendikası'nın kuruluşuna katıldı ve 1974-75 yıllarında ilk genel başkanlığını üstlendi. 1995'te *Der Spiegel*'de çıkan bir yazısı dolayısıyla İstanbul Devlet Güvenlik Mahkemesi'nde yargılandı, 20 ay hapis cezasına çarptırıldı ve cezası ertelendi. PEN Yazarlar Derneği üyesi. Halen İstanbul'da yaşamakta ve yazarlık ile yaşamını sürdürmekte olan Yaşar Kemal bir çocuk babasıdır.

Yazar küçük yaşlarda halk edebiyatına ilgi duydu; saz çalmaya, türkü söylemeye başladı. Yöredeki halk ozanlarıyla karşılıklı atışmalar yaptı. İlkokulda okurken ilk şiirlerini yazdı. Köy köy dolaşarak folklor ürünleri derledi. Bu yıllarda şiirlerini Kemal Sadık Göğceli adı ile *Türksözü* (1939), *Yeni Adana* (1939) ve *Vakit* (1940) gazetelerinde ve *Varlık, Kovan, Ülkü, Millet, Beşpınar* dergilerinde yayımladı. 1940'lı yıllarda Adana'da çıkan *Çığ* dergisi çevresindeki yazar ve aydınlarla ilişki kurdu. Abidin Dino ve ağabeyi Arif Dino ile kurduğu yakınlık onun düşünce ve edebiyat dünyasının gelişimini etkiledi. Ramazanoğlu Kütüphanesi'nde çalıştığı dönemde Eski Yunan klasiklerinden Çukurova tarihine kadar pek çok kitapla tanışma olanağı buldu. Bu sıralarda Orhan Kemal'le de tanıştı. İlk öyküsü "Pis Hikâye"yi ise 1946'da Kayseri'de askerliğini yaparken yazdı.

Bir folklor derlemesi olan ilk kitabı *Ağıtlar* (1943), o güne değin hiç derlenmemiş ya da çok az ilgi gösterilmiş tekerlemeleri ve ağıtları gün ışığına çıkardı. Daha sonra Karacaoğlan'ın yayımlanmamış şiirleri üzerine çalıştı. Söz konusu derleme ve çalışmalar, yazarın ileride yazacağı romanlara önemli ölçüde malzeme sağladı.

Cumhuriyet gazetesine girdikten sonra Yaşar Kemal imzası ile yazmaya başladı. Bu dönemde Anadolu insanının iktisadi ve toplumsal sorunlarını dile getirdiği dizi röportajları ile tanınmaya başladı: "Yanan Ormanlarda Elli Gün" (1955), "Çukurova Yana Yana" (1955). "Dünyanın En Büyük Çiftliğinde Yedi Gün" (1955), "Peri Bacaları" (1957). 1952'de yayımlanan ilk öykü kitabı *Sarı Sıcak*'ta da yer alan "Bebek" öyküsünün *Cumhuriyet* gazetesinde tefrika edilmeye başlandığı dönemde yazarın imzasına olan merak giderek artmaya başladı. 1953-54'te *Cumhuriyet*'te tefrika edilen ilk romanı *İnce Memed* ise büyük ilgi uyandırdı.

Türkiye'de tarımdan sanayileşmeye geçiş evresi olarak nitelenebilecek 1950'li yıllarda, Çukurova'nın geniş biçimde makineleşmeye açılması ve verimli topraklar üzerindeki ağalar arası rant savaşımının kızışması, bunun yoksul Çukurova köylüsü üzerindeki sonuçları Yaşar Kemal'in romanlarının ilk evresinin ana temasını oluşturmuştur.

Ağa baskısı karşısında dağa çıkan eşkıya *İnce Memed*'le yazar, bir destan kahramanını anlatırken aynı zamanda toplumsal yapıdaki aksaklıkların da eleştirisini yapar. Yazarın kendi deyimiyle "mecbur adamın" öyküsüdür İnce Memed. Yayımlandığı dönemde büyük yankı yaratmış olan *İnce Memed*'de yazarın geleneksel masal, efsane tema ve motiflerinden yararlanarak çağdaş düzeyde romantik bir öykü kurduğu gözlenir. *Teneke* (1967), Çukurova yöresindeki çeltik ağalarına karşı mücadele eden ve köylünün yanında yer alan genç ve idealist bir kaymakamın trajik öyküsünü işler, "aydının mücadele gücü"nü dile getirir. Daha sonra bu romanı iki perdelik oyun biçiminde sahneye uyarlanmıştır.

Psikoloji ve simgesel öğelerin yer yer ağır bastığı "Dağın Öteki Yüzü" üçlemesinin ilk kitabı olan *Orta Direk*'te (1960) yazar, "Torosların arka yanındaki" bir köyün insanlarının, pamuk tarlalarında ırgatlık yapmak için, Çukurova'ya doğru yola koyuluşlarını, tabiatla dövüşe dövüşe Çukurova'ya varışlarını anlatır. Bu "üçleme" yazarın, *Orta Direk*'in önsözünde de belirttiği gibi, kendi yaşantısı ve tanıklığıdır. Yine yazarın deyimiyle, her ne kadar bu roman yazarın ailesinin göçünü ve kendisinin çocukluk yıllarını anlatıyor görünse de söz konusu olan bir otobiyografi değil, romandır. Dizinin ikinci kitabı *Yer Demir Gök Bakır* (1963) bir köy topluluğunun mit yaratması öyküsüdür. Üçlemenin son kitabı *Ölmez Otu*'nda ise bir yandan değişen koşullar içinde bu mitin yıkılışı, diğer yandan da bir kişinin bir cinayet mitini yaratışı anlatılır. Yaşar Kemal *Ölmez Otu*'nda nesnel koşulları geri plana alarak doğrudan doğruya insana eğilir.

"Irmak Roman" niteliğindeki "Akçasazın Ağaları" adlı dizinin ilk iki kitabı *Demirciler Çarşısı Cinayeti* (1973) ve *Yusufcuk Yusuf*'ta (1975) ülkenin tarihsel gelişimi sürecinde Çukurova'daki toplumsal yapının değişimi anlatılır: Derebeyi artığı ağa tipinin çöküşünü, yok oluşunu ve bu yok oluşa koşut giden gelişmeyi; bir başka yönüyle Demokrat Parti'nin kredi yardımları ile tarımdan para kazanan ağaların sanayiye yatırım yapmalarını anlatarak eski toprak ağalarının yavaş yavaş sanayici olmaları sürecini betimler. Ne var ki Yaşar Kemal bu toplumsal değişme sürecinin üzerinde fazla durmaz; asıl göstermek istediği, bir düzenin çöküşü ve yozlaşmasıdır. Bu romanlarında Çukurova'da kapitalizmin gelişmesiyle yok olmaya yüz tutan bir yapının son çırpınışlarını, toprak ağası iki ailenin gerçeğinde verir.

Hüyükteki Nar Ağacı'nda, Çukurova'da tarımdaki makineleşme sonucunda ortaya çıkan işsizlik sorunu ele alınır. Çukurova'ya çalışmaya inen kırsal kesim insanının bu yeni gelişme karşısındaki dramını ve çaresizliğini işler.

"Kimsecik" üçlemesinin ilk kitabı *Yağmurcuk Kuşu* yarı özyaşam öyküsü niteliği taşımaktadır. Van Gölü kıyısındaki bir köyden yine Çukurova'ya göçen bir ailenin karşılaştıkları sorunlar çevresinde göç serüveni yansıtılır. Bu üçlemenin ortak noktasını köy insanlarının, özellikle de bir köy çocuğunun duyguları, düşünceleri, özleyişleri oluşturmaktadır. "Korku" teması bu "üçleme"nin odağında yer almaktadır. Özellikle "üçleme"nin ikinci kitabı *Kale Kapısı* "korkunun romanı" olarak nitelenebilir. "Üçleme"nin son kitabı *Kanın Sesi* bir evdeki kişilerin, daha çok da bir çocuğun, Salman'ın, öyküsüdür aynı zamanda, Salman'la birlikte bütün çocukların öyküsüdür. *Kanın Sesi* ise "korkunun sesi", "cinayetin sesi" olduğu kadar "sevginin sesi"dir de.

Yaşar Kemal pek çok yapıtında Anadolu'nun efsane ve masallarından yararlanmıştır. Sözlü gelenekte yaşayan Köroğlu, Karacaoğlan, Alageyik öykülerini *Üç Anadolu Efsanesi* (1967) adıyla yeniden kaleme almıştır. *Ağrıdağı Efsanesi*'nde (1970) bir aşk olayından yola çıkarak ve bu simgesel tema içerisinde baskı karşısında halkın dayanışma gücünü; *Binboğalar Efsanesi*'nde (1971) ise Toros eteklerindeki Türkmen göçebelerin yerleşik düzene geçmeleriyle ortaya çıkan güçlükleri, düş kırıklıklarını ve geçmiş yaşamlarına duydukları özlemi anlatır. Osmanlının son dönemlerinde haksızlıklara karşı dağa çıkmış bir eşkıyanın yaşamını *Çakırcalı Efe*'de (1972) ele alır. *Filler Sultanı ile Kırmızı Sakallı Topal Karınca*'da ise yine bir halk öyküsünden yola çıkar; alegorik bir üslupla sömürenlerle sömürülenler arasındaki ilişkiler anlatılır.

Yaşar Kemal 70'li yılların ortalarından itibaren yazarlığında yeni bir yönelimin ürünleri olarak nitelenebilecek ürünler vermeye başlar. *Al Gözüm Seyreyle Salih* (1976), *Kuşlar da Gitti* (1978) ve *Deniz Küstü* (1978) romanlarında yazar ilk kez Çukurova dışına çıkarak kenti ve deniz insanını konu edinir.

"Bir Ada Hikâyesi" dörtlüsünün ilk kitabı olarak kaleme aldığı *Fırat Suyu Kan Akıyor Baksana*'da Ege'de mübadele hükümleri gereğince Yunanistan'a göç ettirilen Rumların boşalttığı bir ada ekseninde Balkan Savaşı'ndan Sarıkamış'a, Çanakkale'den Yezidi kırımına değin yakın tarihte yaşanan acıları dile getirir. Dörtlünün yayımlanan öteki kitapları *Karıncanın Su İçtiği* (2002) ve *Tanyeri Horozları*'nda (2002) bu tema yan öykülerle zenginleşerek ilerlemektedir.

Yazarın Anadolu insanının sözlü anlatım geleneğinin ürünleri olan destanlardan, ağıtlardan, halk öykülerinden, masallardan, türkülerden ve çağdaş roman tekniklerinden yararlanarak vardığı bireşim ve üslup onu her bakımdan özgün bir çağdaş sanatçı kimliğine ulaştırmıştır. Kurduğu imge ve mit dünyası, benzetmeler, betimlemeler, doğanın tüm yönleriyle anlatımı, kullandığı dil, yerel sözcükler ve deyimler, atasözleri, yakarışlar, sövgüler onun anlatımını canlı ve etkileyici kılan özellikler olarak görünmektedir. Anlatımındaki özgünlük "düşle gerçeği, doğayla insanı iç içe" vermedeki başarısından kaynaklanmaktadır. Yarattığı dünyanın dış görünümünü etkileyici bir biçimde çizer. Şiirsel üslubu, olağanüstü düş gücü, modern romanla epik anlatım biçimlerini başarıyla bağdaştırması onu özgün kıldığı kadar güçlü de kılan özellikleridir.

Yazarın *İnce Memed* adlı romanı yaklaşık 40 dile çevrilerek yayımlandı. Diğer romanları da çok sayıda yabancı dile çevrildi; kitaplarının yurtdışındaki baskısı 140'tan fazladır. Bu bağlamda uluslararası bir üne sahip olan Yaşar Kemal ilgili kurum ve kişilerce Nobel Edebiyat Ödülü'ne de aday gösterilmiştir.

Roman ve öykülerinden yapılan uyarlamalarla çağdaş Türk tiyatrosuna da katkıları oldu; *Yer Demir Gök Bakır*, "Uzundere" adıyla 1965'te, *Teneke* yazarın oyunlaştırması 1965'te ve *Ağrı Dağı Efsanesi* 1974'te çeşitli tiyatrolar tarafından sahnelendi. Birçok yapıtı da sinemaya uyarlandı. Bunlardan "Beyaz Mendil"i 1955'te Lütfü Akad; "Namus Düşmanı"nı 1957'de Ziya Metin; "Alageyik"i 1959'da, "Karacaoğlan'ın Sevdası"nı 1959'da ve "Ölüm Tarlası"nı 1966'da Atıf Yılmaz; "Ağrı Dağı Efsanesi"ni 1974'te Memduh Ün; "Yılanı Öldürseler"i 1981'de Türkân Şoray, "İnce Memed"i 1984'te Peter Ustinov ve "Yer Demir Gök Bakır"ı 1987'de Zülfü Livaneli yönetti.

Ödül-Unvan: "Dünyanın En Büyük Çiftliğinde Yedi Gün" adlı röportaj dizisi ile 1955 Gazeteciler Cemiyeti Başarı Armağanı; *İnce Memed* ile 1956 Varlık Roman Armağanı; *Teneke*'den aynı adla uyarlanan oyunu ile 1966 İlhan İskender Armağanı; "Teneke" oyunu ile 1966 Uluslararası Nancy Tiyatro Festivali Birincilik Ödülü; *Demirciler Çarşısı Cinayeti* ile 1974 Madaralı Roman Armağanı; 1977 Fransa Eleştirmenler Sendikası En İyi Yabancı Roman Ödülü; *Ölmez Otu* ile 1978'de Fransa'da En İyi Yabancı Kitap Ödülü; *Binboğalar Efsanesi* ile 1979 Fransa "Büyük Jüri" En İyi Kitap Ödülü; 1982 Uluslararası Cino Del Duca Ödülü; 1984 Fransız Legion d'Honneur Ödülü Commandeur payesi; 1984 TÜYAP Kitap Fuarı Halk Ödülü; 1985 Sedat Simavi Vakfı Edebiyat Ödülü; *Kale Kapısı* ile 1986 Orhan Kemal Roman Ödülü; 1988 TÜYAP Kitap Fuarı Halk Ödülü; 1988 Fransa Kültür Bakanlığı Commandeur des Arts et des Lettres Nişanı; 1991 Fransa Strasbourg Üniversitesi Onur Doktorası; 1992 11. TÜYAP Kitap Fuarı Onur Yazarı; 1992 Antalya Akdeniz Üniversitesi Onur Doktorası; 1993 Kültür Bakanlığı Büyük Ödülü; 1994 Mülkiyeliler Birliği Rüştü Koray Armağanı; 1996 Türkiye Yayıncılar Birliği Düşünce Özgürlüğü Ödülü; *Kanın Sesi* ile 1996 Akdeniz En İyi Yabancı Kitap Ödülü (Perpignan, Fransa); 1996 VII. Katalunya Uluslararası Ödülü; 1996 Humanright Watch Helmann Hammet "Baskıya Karşı Cesaret Ödülü (ABD); 1997 Fransa Premio Internazionale Nonino Ödülü; 1997 İsveç Kenne Vakfı Düşünce ve Söz Özgürlüğü Ödülü; 1997 Norveç Yazarlar Birliği Ödülü; 1997 Frankfurt Kitap Fuarı Barış Ödülü; 1998 Berlin Frei Üniversitesi Fahri Doktora; 1998 Bordeaux Yayıncılar Birliği Yabancı Edebiyat Ödülü; 2002 Bilkent Üniversitesi Fahri Doktora; 2003 Selanik Savanos Ödülü; 2003 Türkiye Yayıncılar Birliği Emek Ödülü. Edebiyat dalında, Cumhurbaşkanlığı Kültür Sanat Büyük Ödülü, 2008.

Yapıtları: Öykü: *Sarı Sıcak,* İst.: Varlık, 1952; *Bütün Hikâyeler,* İst.: Cem, 1975; Sarı Sıcak (Toplu Öyküler) Adam Yayınları, 2003.

Roman: *İnce Memed,* 1. c., İst., 1955; 2. c., İst., 1969; 3. c., İst., 1984; 4. c., 1987; *Teneke,* İst.: Varlık, 1955; *Orta Direk,* İst.: Remzi, 1960; *Yer Demir Gök Bakır,* İst.: Güven, 1963; *Ölmez Otu,* İst.: Ant, 1968; *Akçasazın Ağaları/Demirciler Çarşısı Cinayeti,* İst.: Cem, 1974; *Akçasazın Ağaları/Yusufcuk Yusuf,* İst.: Cem, 1975; *Yılanı Öldürseler,* İst.: Cem, 1976; *Al Gözüm Seyreyle Salih,* İst.: Cem, 1976; *Allahın Askerleri,* İst.: Milliyet, 1978; *Kuşlar da Gitti,* (uzun öykü) İst.: Milliyet, 1978; *Deniz Küstü,* İst.: Milliyet, 1978; *Hüyükteki Nar Ağacı,* İst.: Toros, 1982; *Yağmurcuk Kuşu/Kimsecik I,* İst.: Toros, 1980; *Kale Kapısı/Kimsecik II,* İst.: Toros, 1985; *Kanın Sesi/Kimsecik III,* İst.: Toros, 1991; *Fırat Suyu Kan Akıyor Baksana,* İst.: Adam, 1997; *Karıncanın Su İçtiği,* İst.: Adam, 2002; *Tanyeri Horozları,* İst.: Adam, 2002.

Destansı Roman: *Üç Anadolu Efsanesi,* İst.: Ararat, 1967; *Ağrıdağı Efsanesi,* İst.: Cem, 1970; *Binboğalar Efsanesi,* İst.: Cem, 1971; *Çakırcalı Efe,* İst.: Ararat, 1972.

Röportaj: *Yanan Ormanlarda 50 Gün,* İst.: Türkiye Ormancılar Cemiyeti, 1955; *Çukurova Yana Yana,* İst.: Yeditepe, 1955; *Peribacaları,* İst.: Varlık, 1957; *Bu Diyar Baştan Başa,* İst.: Cem, 1971; *Bir Bulut Kaynıyor,* İst.: Cem, 1974.

Deneme-Derleme: *Ağıtlar,* Adana: Halkevi, 1943; *Taş Çatlasa,* İst.: Ataç, 1961; *Baldaki Tuz,* (1959-74 gazete yazıları) İst.: Cem, 1974; *Gökyüzü Mavi Kaldı,* (halk edebiyatından seçmeler, S. Eyüboğlu ile); *Ağacın Çürüğü: Yazılar-Konuşmalar,* (der. Alpay Kabacalı) İst.: Milliyet, 1980; *Yayımlanmamış 10 Ağıt,* İst.: Anadolu Sanat, 1985; *Sarı Defterdekiler: Folklor Derlemeleri,* (haz. Alpay Kabacalı) İst.: YKY, 1997; *Ustadır Arı,* İst.: Can, 1995, *Zulmün Artsın,* İst.: Can, 1995; *Binbir Çiçekli Bahçe: Yazılar-Konuşmalar,* (haz. Alpay Kabacalı) İst.: YKY, 2009.

Çocuk Romanı: *Filler Sultanı ile Kırmızı Sakallı Topal Karınca,* İst.: Cem, 1977.

Çeviri: *Ayışığı Kuyumcuları* (A. Vidalie; Thilda Kemal ile), İst.: Adam, 1977.

Kaynaklar: *BF* (26 Mayıs 1999); Necatigil, *İsimler,* 386-387; Necatigil, *Eserler;* Acaroğlu, 123-124; Kurdakul, *Sözlük,* 648; Mahmut Makal, *Varlık,* 1 Haziran 1967; *Türk ve Dünya Edebiyatçıları Ansiklopedisi,* c. IV, s. 368; R. Taner-A. Bezirci, *Seçme Romanlar,* s. 212-213; A. Püsküllüoğlu, *Yaşar Kemal Sözlüğü,* İst., 1974; "Yaşar Kemal'le Kapalı Oturum", (katılanlar A. Benk, T. Yücel) *Çağdaş Eleştiri,* 1 (Mart 1981), s. 8-28; Fethi Naci, *Yaşar Kemal'in Romancılığı,* İst., 1990; *Yaşar Kemal Kendini Anlatıyor, (Alain Bosquet'nin Yaşar Kemal'le Konuşmaları)* İst., 1993; F. Oran, "Belleksiz Halk Ölü Bir Halktır, *Cumhuriyet Kitap,* 9 Mayıs 1991; Fethi Naci, "Kanın Sesi", *aynı yerde;* A. Kabacalı "O Yazınımızın da Onuru", *Cumhuriyet Kitap,* 5 Kasım 1992; N. Gürsel, "Bir Edebiyat Devi", *Cumhuriyet Kitap,* 28 Kasım 1998; ay, *Yaşar Kemal: Bir Geçiş Döneminin Romancısı,* İst., 2000; *Yaşar Kemal'i Okumak,* (ortak kitap) İst., 2000; M. Uyguner, *Yaşar Kemal: Yaşamı, Yapıtları, Yapıtlarından Seçmeler,* Ank., 1993; K. Şahin, "Bir Ada Hikâyesi", *Virgül,* S. 9 (Haziran 1998), s. 2-3; yasarkemal.net.